书获得2023年湖南省定点深入生活支持项目

洞庭之南

彭润琪　著

天津出版传媒集团
百花文艺出版社

图书在版编目（CIP）数据

洞庭之南 / 彭润琪著 . -- 天津 ： 百花文艺出版社，2024. 8. -- ISBN 978-7-5306-8832-8

Ⅰ . I227.6

中国国家版本馆 CIP 数据核字第 2024NK5242 号

洞庭之南
DONGTING ZHI NAN

彭润琪　著

出 版 人：薛印胜　**责任编辑**：赵世鑫

装帧设计：刘昌凤　**特约编辑**：韩玉龙

出版发行：百花文艺出版社

地址：天津市和平区西康路 35 号　**邮编**：300051

电话传真：+86-22-23332651（发行部）

　　　　　+86-22-23332656（总编室）

　　　　　+86-22-23332478（邮购部）

网址：http://www.baihuawenyi.com

印刷：三河市元兴印务有限公司

开本：880 毫米 ×1230 毫米　1/32

字数：197 千字

印张：8.25

版次：2024 年 8 月第 1 版

印次：2024 年 8 月第 1 次印刷

定价：89.80 元

当年那个闯着尘世睡的孩子.

你是否还能一眼认出?

我毕竟

没有流尽那条河.

那片土地.

还有我拥有的姓氏……

2024. 6. 18.

散文诗集《洞庭之南》，已经发过来两稿，在电脑屏幕上闪烁近半年了，再不敲击键盘就说不过去了。虽然，我也生活在汇入洞庭湖的资水岸边，要为写关于大洞庭的散文诗集作序，相对于生长在洞庭湖腹地沅江"兴诗作文"的洞庭小妖的创作来说，有些勉为其难。

沅江，位于洞庭之南，历史源远流长，文化底蕴深厚，是洞庭湖地理中心和人文荟萃之地。清代四大名臣曾国藩、左宗棠、胡林翼、彭玉麟结伴游洞庭湖时，于凌云塔前每人吟诗一句，联成一首七绝："洞庭秋水砚池波/且把君山当墨磨/宝塔倒悬权作笔/苍天能写几行多"，成为了文学史上的绝妙篇章。

当代女诗人彭润琪，笔名洞庭小妖，试图以散文诗的形式全方位呈现书写洞庭之南的乡土之美、人文之美和生态之美，是一种难能可贵的尝试。

打开《洞庭之南》，仿佛苇风轻摇小舟，长发飘飘的渔家女以细腻而敏感的诗情，撷取生活的点点滴滴，渲染出一幅幅清新的湖乡水墨淡彩画。

散文诗集分为六个章节。

洞庭渔火，点亮了湖乡日子，渐行渐远的渔歌，舒缓了渔樵生活。爷爷的鱼罾，父亲的鱼叉，哥哥的鱼罩，浸满收获的幸福。而诗人则将"自己种到水里，像一尾鱼一样自由地穿行"。

水乡印象，阳春鲜嫩的芦笋，秋风波涌的芦苇荡，生于水长于水，"只有水，才能让你再一次长满骨头——真正地站立"。

洲垸物语，牧鸭船，住进水乡的月亮；风车，吹走秕谷，留下实诚。木屐、扳桶、拖驳子、泥划子，一个个极具地域特色的老物件，在叙说过去，也观照现在。这些生活的载体，通过写实与写意的交融，在厚重的历史中，擦亮乡愁的包浆。

云梦方舟，漂泊着一个个凸显湖乡特征的名字。响水坎"每一次奔流的落差里，就有一次生命的回响"；车便湖，仿佛是洞庭湖滴落的一颗泪珠。云梦泽、子母城、下塞湖、小河咀，鲜活地再现着它的曾经，记录着它的变迁，展望着它的未来。

田野牧歌，父亲的稻田，母亲的篱笆墙，田埂草垛，高柳鸣蝉，所有与田野有关的日子，都在原汁原味的地花鼓里弥漫着鱼米之香。

湖泽四季，春立云梦泽，在新翻的稻田里，开启古老的传说，谷雨蛙声，滋润阳光和温暖。一草一木，都顺应着季节的轮回，自然和谐地奏鸣着蓬勃的生命。

《洞庭之南》，是一部以生态文学创作为主题的散文诗集，有散文述事的纪实，也有诗意的神游。散文诗是诗的延伸，虽然穿着散文的外衣，蕴藏的却是诗的灵与肉。诗意的抒情和散文的描写，虚与实，如何拿捏，是一个值得玩味的文本课题。

期待着。

冯明德

2024 年 2 月 20 日于直心斋

目录

// 第一辑　洞庭渔火

洞庭渔歌　　　　　　•• 　003

哥哥的鱼罩　　　　　•• 　006

鱼篓　　　　　　　　•• 　007

父亲的钓竿　　　　　•• 　008

生锈的鱼叉　　　　　•• 　010

爷爷的鱼罾　　　　　•• 　012

漏兜　　　　　　　　•• 　014

石网　　　　　　　　•• 　015

丝网　　　　　　　　•• 　016

渔船　　　　　　　　•• 　018

鸬鹚　　　　　　　　•• 　019

拖网　　　　　　　　•• 　021

鱼塘　　　　　　　　•• 　022

渔　　　　　　　　　•• 　023

东湖渔场　　　　　　•• 　024

下水裤　　　　　　　•• 　025

捉鱼　　　　　　　　•• 　026

鱼围子　　　　　　　•• 　027

鱼篆　　　　　　　　•• 　028

渔村落日　　　　　　•• 　029

洞庭银鱼　　　　　　•• 　030

河虾　　　　　　　　•• 　032

刁子鱼　　　　　　　•• 　033

// 第二辑　水乡印象

白沙大桥	••	037
石拱桥	••	038
赤磊河	••	040
三月芦笋	••	041
河滩	••	045
渡	••	046
赤水呼渡	••	047
芦苇荡	••	048
北港长河	••	050
夜泊	••	052
洞庭往西	••	053
洪水	••	054
排灌站	••	056
湿地	••	058
水乡印象	••	060

古渡口　　　　　　　••　　061

沉默的河流　　　　　••　　063

船闸　　　　　　　　••　　064

防洪台　　　　　　　••　　066

砖窑　　　　　　　　••　　067

鹅卵石　　　　　　　••　　069

标本　　　　　　　　••　　070

南洞庭干了　　　　　••　　071

镇江塔　　　　　　　••　　073

鸡婆柳　　　　　　　••　　075

沙湾河蚌　　　　　　••　　077

洞庭航标　　　　　　••　　079

砂石场　　　　　　　••　　080

一只水鸟的家　　　　••　　081

以河流的名义　　　　••　　082

// 第三辑　洲垸物语

九臂樟　　　　　　　　　•• 　085

樟抱腊　　　　　　　　　•• 　086

住进水乡的月亮（牧鸭船）•• 　088

风车　　　　　　　　　　•• 　090

牛轭子　　　　　　　　　•• 　092

苦枣树　　　　　　　　　•• 　094

煤油灯　　　　　　　　　•• 　096

土地庙　　　　　　　　　•• 　097

粽叶　　　　　　　　　　•• 　099

斛桶　　　　　　　　　　•• 　100

量米筒　　　　　　　　　•• 　102

石磨　　　　　　　　　　•• 　103

爆米机　　　　　　　　　•• 　104

绞把筒　　　　　　　　　•• 　106

瓜瓢　　　　　　　　　　•• 　108

扳桶 　　　　　　•• 　109

吹火筒 　　　　　•• 　111

木屐 　　　　　　•• 　113

辣蓼草 　　　　　•• 　115

紫云英 　　　　　•• 　116

拖驳子 　　　　　•• 　118

拴马樟 　　　　　•• 　120

泥划子 　　　　　•• 　122

妈妈的炉罐 　　　•• 　124

蒲公英 　　　　　•• 　126

执灯而立 　　　　•• 　128

锄头 　　　　　　•• 　132

镰刀 　　　　　　•• 　133

车前草 　　　　　•• 　134

// 第四辑　云梦方舟

云梦方舟　　　　　　　　●●　　　137

老街老了　　　　　　　　●●　　　139

下塞湖　　　　　　　　　●●　　　141

云梦泽　　　　　　　　　●●　　　142

响水坎　　　　　　　　　●●　　　143

拜谒海印上人之墓　　　　●●　　　145

车便湖　　　　　　　　　●●　　　147

老屋　　　　　　　　　　●●　　　149

小河（嘴）咀　　　　　　●●　　　151

石矶湖　　　　　　　　　●●　　　152

子母城　　　　　　　　　●●　　　153

洞庭垸　　　　　　　　　●●　　　154

蓄洪垸　　　　　　　　　●●　　　155

十里桃花　　　　　　　　●●　　　156

千亩荷塘　　　　　　　　●●　　　158

日出明朗山 　　•• 160

红杉林 　　•• 161

玉竹包遗址 　　•• 163

莲花坳渔村 　　•• 165

洞庭神树 　　•• 167

撂刀口 　　•• 169

云风寺 　　•• 171

赤山黏土 　　•• 172

香炉山 　　•• 173

洞庭湖洲垸文化博物馆 　　•• 174

百家沟 　　•• 176

轮船码头 　　•• 178

// 第五辑 田野牧歌

父亲的稻田 •• 181

高柳鸣蝉 •• 182

一棵水稻 •• 184

饮尽村庄所有的醉意 •• 185

稻穗 •• 187

二亩八 •• 188

等一场雪 •• 189

阳光划过 •• 191

假如走过 •• 192

与隐忍有关的词语 •• 193

晒 •• 195

田埂 •• 197

月色是响亮的 •• 198

助力 •• 199

祖传的村庄 •• 200

草垛　　　　　　　　　•• 202

春天的第一声惊雷　　•• 204

地花鼓　　　　　　　•• 206

烈日下的黑土　　　　•• 208

苎麻地　　　　　　　•• 211

篱笆墙　　　　　　　•• 212

碾糍粑　　　　　　　•• 213

怀念一头水牛　　　　•• 214

摘棉花　　　　　　　•• 215

义冢山　　　　　　　•• 217

豌豆花开　　　　　　•• 219

// 第六辑　湖泽四季

立春　　　　　　　　　　　••　　　223

惊蛰　　　　　　　　　　　••　　　224

春分　　　　　　　　　　　••　　　226

龙抬头　　　　　　　　　　••　　　227

春雷　　　　　　　　　　　••　　　228

四月　　　　　　　　　　　••　　　229

谷雨　　　　　　　　　　　••　　　230

芒种　　　　　　　　　　　••　　　231

元宵　　　　　　　　　　　••　　　233

七月　　　　　　　　　　　••　　　234

七夕节　　　　　　　　　　••　　　235

中元节　　　　　　　　　　••　　　236

立秋　　　　　　　　　　　••　　　238

中秋节　　　　　　　　　　••　　　239

霜降　　　　　　　　　　　••　　　241

大雪　　　　　　　　　　　••　　　242

小年　　　　　　　　　　　••　　　243

跋／没有一片土地是安静的　••　　　244

第一辑

洞庭渔火

以水为媒，谱一曲渔歌，
让渔樵文化以不一样的方式呈现。

洞庭渔歌

一盏渔火，打捞起所有的日子，恍若隔世。如今，饥肠辘辘地，等着它来充盈每一寸光阴。

四季的风，载着洁白的帆影，划过蓝色的天空，还有一段烟雨路，最后消失在一部厚重的诗词里。

镇江塔，如盘坐的高僧，岿然湖心几百年，听水涨水落，看世事繁华。石壁上水刻的痕迹，早已浸入骨髓，随着湖水一起摇晃，一起沉浮。

凌云塔，三百年的光阴，让你水洗如剑，倒插成虹。漫山的芦苇簇拥你，如千军万马，等那未知的将军，拔剑而起，一声号令，就让八百里水面臣服。

四大名臣打马而过的蹄音，踏响了湖洲[1]。远去的尘埃，已经淹没在历史的风云里，留下这文房四宝，让一代代有志之士挥毫泼墨。

如今，拾级而上的不是脚步，而是一颗飘展的心，早已与风云晤面。

---

[1] 湖中的洲子。

渐行渐远的渔歌，被遥望成昔日的辉煌。

每一次风起，湖洲就会用一根芦苇上的水鸟写意，告诉你——这就是洞庭之南。

肖公庙稳坐湖心，往来的渔舟，望一眼，就可膜拜一年的顺风顺水。

浅滩袒露心迹，芦笋、藜蒿、野芹……鲜活成舌尖上的城市。

一波碧水，就凭一句号子，足可以让一叶风帆翻山越岭，驻扎疲惫和一颗等归的心。

酣睡渔村，一艘老船如一尾腌制的鱼儿，只有在某个雨季，它才活过来，湿淋淋地述说，忘了归程。于是，这一片湿地开始在人们的心里再一次涨水，每一次到过这里的人都是一次鱼汛。

坐在船头的渔家女，一顶竹笠、一袭青衣，缥缈成湖洲最美的新娘，虔诚地把你守望成一首歌，唱了千年，流淌了千年。

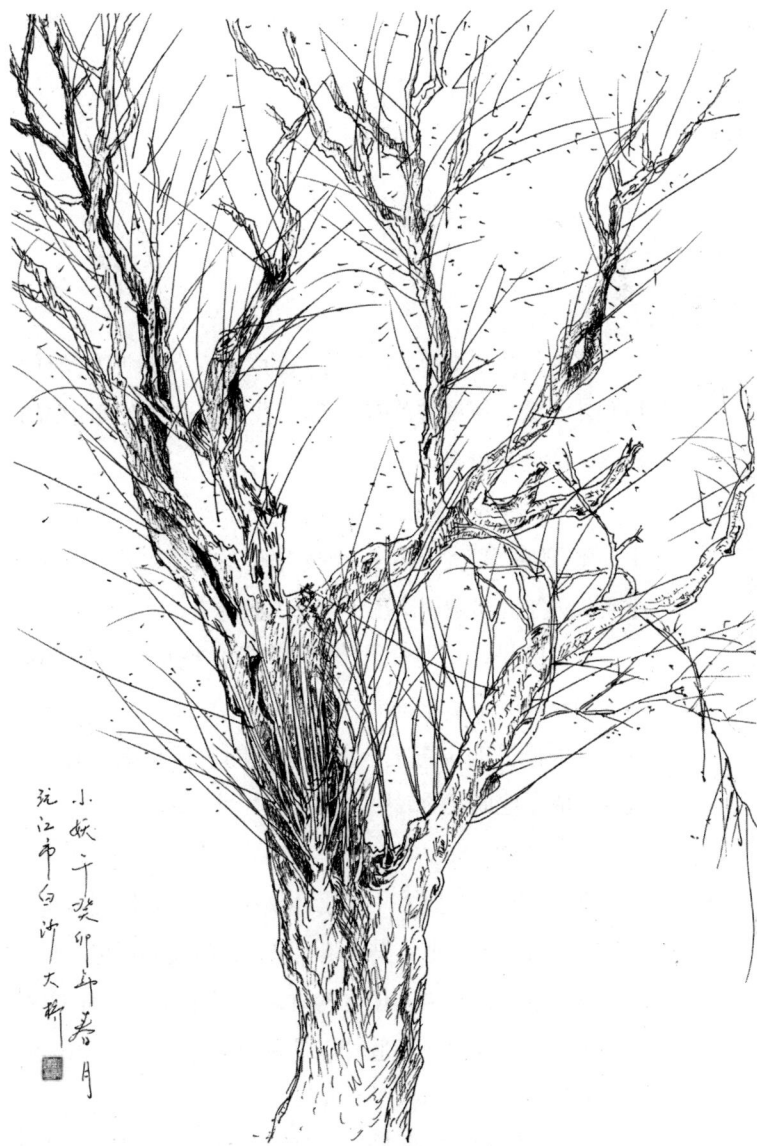

小妖 于癸卯年春月
玩江市白沙大桥

哥哥的鱼罩

黑漆的鱼罩里罩着四只漆黑的小鸡，母亲说："这样，母鸡才不会去屋后的菜园子了。"我不明白，当我明白的时候，我已是母亲。

后来，哥哥一边在鱼罩口缠满布条，一边跟我讲"瓮中捉鳖"的故事。我不明白，当我听明白的时候，小河浅了，小鸡长大了，水塘里露出了黝黑的鱼脊。

十岁的哥哥，提着十斤重的鱼罩，把身体和鱼罩按入水中，他的手掌在鱼罩里变成一尾灵活的鱼。

当湿漉漉的哥哥把一条湿漉漉的鱼抓起来的时候，鱼罩，成了他成长的战甲。

鱼罩上的篾线松了，一根筋开始伸直了腰杆，慢慢地，那些小鸡可以轻松地从里面跑出来，连带我的记忆。

当我找不到它当初模样的时候，母亲老了。哥哥虎口处的老茧也没有了鱼腥味。他甚至忘记了，曾经如王者般举起手中的猎物和那个鱼罩。

我却明明看到，哥哥每次经过那条小河，都不忘对它鞠躬，就如当初随鱼罩弯下身体，亲吻水面的样子。

鱼篓

一根楠竹可以编制一个鱼篓，一个鱼篓可以编织一间鱼仓。

囤积涨水时的鱼汛。

囤积干塘时泥浆中潜逃的鱼。

鱼篓成了父亲唯一的腰包。它喂养我的童年，喂饱我的记忆。

每一滴雨水，都是唤醒它的唯一语言。

张口仰望，像待哺的雏鸟，等着一尾鱼来布施。

在风里，在雨里，锤炼筋骨，一字一板都是愿者上钩的神话。

一声饱嗝，如一击成交惊木，来一场人世间最完美的捡漏。

即使时光掐紧脖子，也会喊出那声号子。

几千年的演义，依然肚腹空空，等着一尾鱼，游进一行诗里。

然后沥干水，在竹签里浸满一些干瘪的流年。

父亲的钓竿

当屋后那片竹林摇响时，父亲用苍老的目光丈量那些老竹，然后用生锈的砍刀，切割。

苛刻的父亲，开始跟每一竿老竹较真。用炉火炙烤，抽走它身体的最后一丝傲气，再用结茧的老手打磨，削去它最后一根尖刺。

从此，那一竿长竹，不再张扬，变得厚重圆润，如一个历练数年初上阵的战士，只为迎接捕与猎的游戏。

庄子垂钓，人生单纯只剩一根鱼竿。

一牵一引，一收一放。天地乾坤，自在一丝一弦中谋划。不为锦鳞，只钓王侯。放下的是一柄长竿，拿起的却是江山社稷。

垂一枚银钩，钓一湖夕阳，静待一份宁静时光。读书不多的父亲，读懂了春秋，他把垂钓之法发挥到极致。

父亲说，鱼竿还是那臭脾气，改不了竹子的秉性。

他在说这话的时候，也找到了自己。多年以来，那些生活中的苦难，让他腰杆挺直，从未折断。

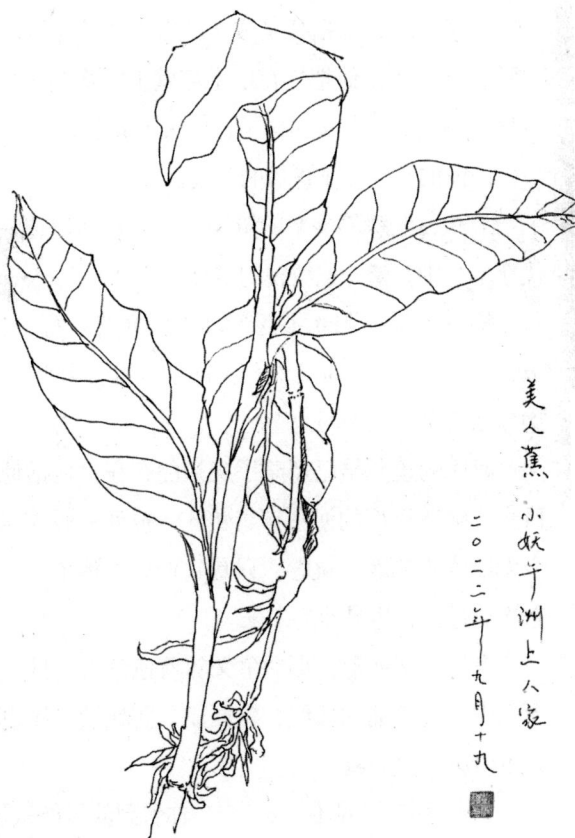

美人蕉 小妖于洲上人家
二〇二二年九月十九

生锈的鱼叉

父亲很穷，那柄鱼叉成了他唯一的传家宝。当哥哥破嗓的那一年，他把挂在厅堂墙壁上的那柄鱼叉交给了哥哥。哥哥手握鱼叉的样子，像极了父亲。

门前的小河成了哥哥的猎场。

从此，他踩着父亲的脚印，巡行在河岸边，或是蛰伏在草丛中，像一只敏锐的猎狗。

那柄鱼叉在阳光下泛着动人的光芒。每一根铁叉，被时光打磨得光滑而锋利。上面书写着父亲年轻的战绩，如今由哥哥继续书写。

河底的鱼儿早已忽略了父亲的存在，包括他混浊的目光。随着迅疾的河水打着转儿，搅动一股漩涡，向一个无能为力的老人挑衅，只是它们忘了那个少年，那是老人的过去，也是他的未来。

少年一跃而起，那柄鱼叉随着他拼力一掷，鱼叉在天空中画过美丽的弧线，飘展成一面战旗。他也完成了人生中第一次呐喊。

父亲叮嘱：眼见不一定为实，你看到的可能只是虚像。

父亲再三叮嘱：渔者看得准，鱼叉才能扎得稳。

如今，那柄鱼叉在老旧的厅堂生锈了，不再传家了。但它已变成一句家训贴在正堂前，世代传承。

爷爷的鱼罾

河水慢慢满了，爷爷的话也多了。他的话就离不开鱼罾。

汛期的雨，取下搁在屋梁上的竹竿。每一根竹竿没有记号，但是爷爷能很快地认出它们，就好像他那十几个孩子。

组合。拼装。

结痂的网，还带着猪血的腥味。竹竿以自己的韧性，对渔网做出了让步，弯成敬畏的模样。

不知物理为何物的爷爷，却用竹竿制造了一个杠杆，在青黄不接的时候，用瘦弱的肩膀，轻轻松松支撑一个家的重量。

爷爷守着鱼罾，等一场又一场的雨，等一次又一次的汛期，等一群又一群洄游的鱼。

鱼罾的吱呀声一直没变。而爷爷老了，鱼罾也老了。鱼儿总会在脆弱的网孔里脱逃，爷爷补了又补，就像他当年缝补身上的补丁。

如今，爷爷走了，挂在堂前的罾网，还静静地等着，等着把它支起来，再一次在那条河里，像鱼一样地呼吸。

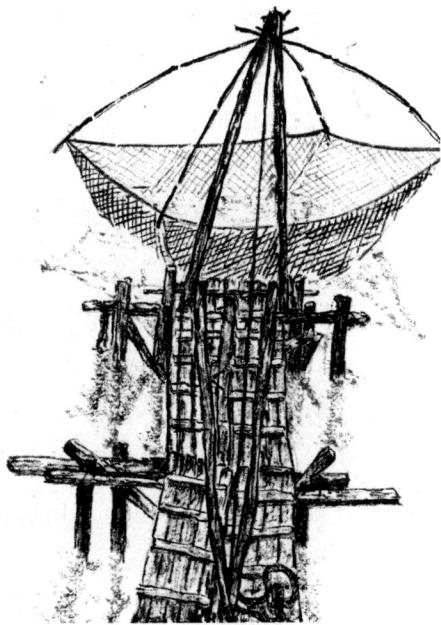

漏兜

它虽然很小，却尝尽了洞庭鱼味。

打鱼的老人，宁可不带桨，也不会落下它。就好像他可以忘记带烟，但一定会记得带火一样。

每一次出湖，它总是最先站立船头。在它眼里，再大的湖，它也装得下；再大的鱼，在它面前也束手就擒。

它很简单，简单到用一个"兜"字就能说出它所有的用途；它也很低调，低调到每一次出场，你都可能忽略它的存在。但它就是把自己的小角色，演绎得恰如其分，又淋漓尽致。有时成了撑杆，有时成了鱼篓，有时成了鱼罩……

每一次晒网，它会被遗忘。

每一次浸网，它也不会沾光。

同样的网孔，不一样的格局，虽然被打破，却从未被逾越——

当所有人质疑它的肚量时，它早已伸直腰杆，如一只豢养已久的鸬鹚，不用勒紧脖子，也会和盘托出所有的心思。

石网

在洞庭湖摸爬滚打的人，没有几个不会撒网的。握住它，就如同握住锄头、犁耙、锹一样。

外公有眼疾，却能看清屋前的方塘，还有舅舅抛网的样子。

舅舅从没跳过舞，石网却能带动他的身体，在水面划出最优美的弧线。

一握一挽，一摆一抛。网上的石坠，拉起水花沉入河底，那唯一的线却被舅舅牢牢握在手心。

"撒出去的网一定要收回来！"很多人都跟我说过这句话，包括舅舅。

石网不疾不徐，一点一点被拉起，被收束的网线，藏着真相。

鱼儿还未从网中剥下，舅娘早已烧开了锅，等一条鱼来说出我绕道而至的饥饿。

几十年过去，记忆总是被我从那张石网上剥下来。

用黝黑的网眼打量春华秋实，还有世间冷暖。

从此，外公不再失明。

丝
网

小河每天都是流动的，就像那条流动的小木船。

下网、捞网。一时，喧哗划破水面。

捋网、剥鱼。偶尔，寂静隐入水草。

一条丝网，就像一根鱼刺，横亘在小河的喉咙里，以至于，多年以后，还无法清晰地说出它的收获。

浮子和坠石是最佳拍档，它们把一条丝网张得恰如其分，像极了我下网的父亲站在了船头下网，船尾的母亲小心地划动长篙。

船上的人看着那些浮子，浮子望着一尾尾畅游的鱼，畅游的鱼却看不到网眼。于是，生活就开始不动声色地改变了。

一条丝网无意悲喜，它就在它的淡季里风长锦云闲，在它旺季里水深波浪阔。

它有无数只眼睛，用一只眼睛来测量流水的长度，一只眼睛来丈量河水的深度，一只眼睛来描摹水草的长势，其他的眼睛就享受风、享受雨、享受阳光，还有一首首走调的渔歌。

父亲没翻过几页书，却把丝网翻腾得噼噼啪啪，就像杜甫翻开一首打鱼诗，只是不知道，这小河是否也会急？

小河的鱼是白花花的，就像这白花花的丝网，白花花的丝网没有骨头，白花花的银鳞就是它的骨头。从此，白花花的骨头画出一幅幅鱼满仓的日子。

站在水中央，水就是它的日子。挂在船头，风就成了它的日子。

在水中淘洗日子，在风中打磨日子。

最后，终于把日子打磨成一轮圆月，任由父母在月光下，用一把蒲扇摇出了满天的星光。

渔船

水很静，风滑过船舷。

两支木桨架在船尾，如一只水鸟收束翅膀，蜷伏岸边，栖息。船很轻，水花敲击呓语。

一支长篙支起水面，如一枚竹钉，挂一幅水墨卷轴，夜泊。

渔歌荡漾在波纹里，波纹沉溺在渔歌里。

用一顶竹笠，阻挡世间的风风雨雨。披一件蓑衣，在古诗里鉴赏雪落的声音。

一袋旱烟，是否会在渔火点燃的一刹那，重新装满？

久违的船舱，等着一轮月色填满，让满眼的银鳞，跳跃。

日出月升，它划开沧海桑田，在一张一翕的鱼鳃里，再次复活。

我总想在脑海里临摹它，却几次都画成了鞋的模样。

鸬鹚

湖水，温软如一层轻纱；羽毛，泛着金属光泽的黑，在湖面上打磨出一份冷峻和坚毅。

渔夫手中的那一竿长篙敲响了竹筏，也敲响了出湖的号子。所有的鸬鹚如严整的军队，分列两旁，或曲颈，或远眺，或谛听……只等一声令下，便跃入水中，再翻身潜入水下。

渔夫不用担心它的潜逃，更不用担心它会藏私。在船桨展开翅膀之时，他们之间不是雇佣或主仆的关系，更多的是战友关系，彼此之间有着难得的默契和信任。

一汪湖水注定不会寂寞，一只鸬鹚注定追逐一尾尾鱼。

坐看湖底风云。渔人沉稳自信得如同一只水老鸭。

数秒之间，鱼灌喉囊。跃出水面，渔人伸一支长篙，倒提鸬鹚，对着鱼篓倾囊而出。

这是一场战斗，亦是一份工作，更似一个游戏。

一尾小鱼的奖赏，让一只鸬鹚居然也活成了一个人！

鱼篓满了，渔人黝黑的脸笑了，鸬鹚的羽毛湿了。

湿透的羽毛还在船舷滴水。它张开翅膀，阳光丰腴，风也饱满。

用鹰的眼睛藏住了天空的粗犷，填满了湖的深沉，静默得如一尊雕石。

它一定看见了湖水里弯曲坚硬的长喙，还有敏锐如注的目光，它是否知道自己还有一个名字——鱼鹰。

那一叶静泊的竹筏，成了它出世的蒲藤；脚下的竹节成了它入世菩提。不用扇动一翅一羽，早已参悟生存法则。

它成了湖乡的一个音符，行走在一幅水墨画中。

只是，千百年来，唯一能敲响的是渔夫的一声咳嗽，甚或是一声叹息。

打鱼的日子是孤独的，而呼唤鸬鹚成了他唯一的语言。

即使渔夫失声，那一只只鸬鹚也会替他从喉管里挤出每一句话。

拖网

从小，在我的眼里，拖网很大，大到装下所有的鱼塘；也觉得拖网很长，长到还没有数清那些浮筒，我就长大了。

我总喜欢在湖里看天空，还有天空里的白云。有时母亲问我在看什么？

我说："看白云浮出水面。"

母亲笑了。

她苍老的眼睛，开始被湖水洗涤。

号子喊起来了！塘埂上的鱼草，还没来得及长齐，一张网便开始在塘边拖行。

没有激流，没有险滩，他们以纤夫的名义，把网绳勒进鱼塘的鳞片里，为一亩方塘兜底。

每一声呐喊，如一个个鼓胀的浮漂，拖曳着饱满的湖水。

进入网囊的，除了潜藏的鱼儿，还有一年中最美的光景。

于是，一个渔村的幸福，开始被一网涟漪推波助澜。

鱼塘

老瓦房的后面有一眼塘，它很小，小到盛不下一轮落日，仿佛一阵风，都可以把它拍到塘埂上。

鱼塘虽然很小，却能装进我所有喜欢吃的鱼。

父亲在鱼塘四周种满了绿色，也种满了我所有的归期。

每次回家，父亲会拿起一把鱼叉走到塘边。父亲的眼里仿佛有一杆秤，每一尾都不会短斤少两。

于是，被瞄准了无数次的那尾鱼，终于在岸上翻腾、跳跃。

鱼越来越多，鱼塘越来越浅，父亲开始嫌它不够装下他全部的父爱。

干塘后，父亲穿着下水裤走进鱼塘，灵活得像一尾鱼。

塘泥越垒越高，仿佛要盖过他的头顶。

他用铁锹夯实塘埂，让它挺得像他的脊背一样笔直。

我的眼睛翻过塘埂，翻过田野，却怎么也翻不过母亲煮熟的那一勺鱼香。

渔

一盏渔火，与碎月比肩，点亮湖水的沉默。

这烟雨骤起的洞庭湖，云层很厚，一不留神就扎进
了湖水。

渔歌随浪起伏，一腔一调，都在布施湖洲所有的恩典。

一尾鱼跃出水面，打量。

失色的鱼叉，寂静的鱼篓，还有被湖风吹皱的脸。

渔夫颤抖。

整个湖面开始颤抖。

他是渔夫，却被鱼钓了一辈子。

如今，这艘斑驳的渔船，终于变成鱼篓的模样。

渔夫躺在甲板上，和一尾鱼，对视，躺卧。

终于保持了同样的姿势。

东湖渔场

以东命名的湖成了一片渔场。

一条石子路纵贯南北，将渔场一分为二。

当鱼草茂盛的时候，它收集天空所有的蔚蓝，以及迷失的飞鸟，成为大地最亮的一扇窗。

缺氧的鱼，推开窗，打探，阳光很凉，也很细碎。

一把镰刀总会耐心地收割黄昏，把与水有关的物事交付给一张网。

在雪来之前，它会晾晒出所有的心事。

然后掏干淤积于心的软肋，以最大的包容许下诺言。鱼埂被拍打成最后一道防护，接受一年的风雨检阅。

我多少次绕道经过这里，把自己站成一只鱼鹰，逶行在塘埂上。

而沉默塘泥的莲子，饱满得承担了孩童们所有的惊喜。

下水裤

我们把自己种到水里，像一尾鱼一样自由地穿行。

黑色的外壳成了最坚硬的防护，如一枚莲子，接纳所有的泥泞和苦水。

它无法与时尚搭界，也与美丑无关。

一半赐予富足的美好，一半抵挡住污浊之流。然后接纳所有的泥泞。如一头老黄牛，在阳光下，结痂，皲裂，脱落……

幸好，有属于自己足够的河水，来浣洗；也有足够的时间，来包容。

习惯在水里行走的人，却被季节赶上了炕。

挂在墙角，两只脚无所适从，空洞得忘了曾有的姿势。

一场雨，或是一条河，总能以最佳的治疗方式，唤醒沉睡的记忆。

下水，是你唯一不变的选择！

只有水，才能让你再一次长满骨头——真正地站立。

捉鱼

稻田总是以主人身份自居，坦然接受一切馈赠，高傲地引领每一个季节的欢愉。

渠道沟也不失时机地左右逢源。

当水草不再丰盛，每一条渠沟，都慢慢没有了隐私。即使走过的水牛，也无视它踩踏出的一汪清水。

唯有孩童，爱上这里。

逡巡。布阵。用一根树枝支起衣裤，当作旌旗来宣示主权。

用稚手垒砌，用碗盆舀水，以大禹引流的奇术，以猎狗般敏锐，让所有的鱼虾成为囊中之物。

每一道战壕，喧嚣着，鼓动着。

混浊的淤泥涂满全身，成为他们唯一的伪装。

那些欢呼声越空而上，倒扣苍穹，砍伐一轮落日，网住最后一片残霞，喂养稻田，喂养这云梦之泽。

而每一次大雨，就足以让大地饱满，让沟渠丰盈，让童年一次次蓬松。

鱼围子

浅水湾，是数百年河流的苦修场，宁静得可以想象世间所有的美好。

河水汇集天地，浅滩迎送日月造化，除了裸露的贝壳，还有一条洄游的鱼。

立一根竹竿，再大的船也会归航。

人们总会在一尾鱼的行踪里，安插宿命。

那些竹竿排成绝望里的归路，那些网布成归路里的绝望。

唯一的猎物，还在网孔里挣扎、呼吸。曾经的繁衍生息之地，早已成了无声的猎杀场。

湖面安静，晚霞染红了围子，我听到归鸟的呻吟。

一扇翅膀，有翱翔的天空，却无法扇动一张蛛网。

一尾鱼，有壮阔的波澜，却无法走出一段围子。

这些古老的智慧，检验着唯一的箴言。

是迷途，也是归路。

走进围子，就走出了跳脱的一生。

鱼篓

篾制的鱼篓，挂在堂前的屋角，每一根筋骨，被河水浸泡得乌黑发亮，粘满鱼鳞，如一尾尾鲜活的鱼，满屋子地畅游。

母亲膝下的老猫闪过，一定垂涎那熟悉的味道，"喵呜"着在鱼篓下转悠。

当最后一缕晚霞爬过田埂，它便一头扎入那条沟渠，然后潜伏在水草深处。父亲，摆上龙门阵，抿一口小酒，唱起来：韩信装那鱼篓啊单等龙且钻——

鼓胀的鱼篓，连带快活的鱼儿，在父亲的眉梢间晃荡着。一弯腰，他腰间的酒葫芦，便醉出一个个活色生香的日子。

我才知道，那些带着水渍的鱼篓，为什么总会挂在那儿？原来，在父亲的眼里，它早已如灯笼般，点燃了母亲的灶口。

渔村落日

断裂的时间之矢，终究穿透湖心。让寂静住满潮湿的泥土，住满一只离巢的鸟，住满一截失节的竹竿。

鲜红的，不只是玫瑰，还有麦芒、晚霞或被鱼刺撕裂的港口。

落日的悲怆，笼罩住围子，在碧色中氤氲，扩散，再扩散，如一尾鱼窒息前的瞳孔。

安之若素的渔村，豢养人间的疾苦和哀伤。

一声久远的汽笛，裹住生命之光，流向昨天和今天。唯一的创口，在一尾鱼中获得丰饶的神谕。

渔歌喑哑。

船桨腐朽。

沉寂多年的锈，再一次布满马达。

不得不在余晖中收集那一张网，捕获它唯一的影子。

洞庭银鱼

　　一条鱼，游了几千年，也没有游出洞庭湖。

　　一条鱼，喝足了八百里的湖水，也没能激起一点浪花。

　　穿过深广的水域，织成了柔曼的云锦。

　　丛生的水草，藏着它洄游的脚印，也藏着永不干涸的神话。

　　如银的身体，褪去鳞甲，只留下黑色的眼睛，只为寻找光。

　　它知道，只有光才能照见它内心深处的潮汐。

　　因此，它活得比谁都通透。

　　一盏渔灯，总能诱捕它的弱点。

　　短暂的记忆，让它们忘了淤塞和围垦，也忘了一张网里的惊涛骇浪。

　　曾经的圣鱼，把最后一滴泪淹没在湖水里。

　　它是水里的一粒饭，喂养了这片湖，也喂养了历年的鼓声。

从此，洁白忠诚就刻在波浪的影子里，刻在鲜活的传说里。

每一次放逐，以流水的语言过滤空气的杂质，在天地之间，敲响天堂之门。

变成银梭，变成玉簪，唯独变不成一尾鱼。

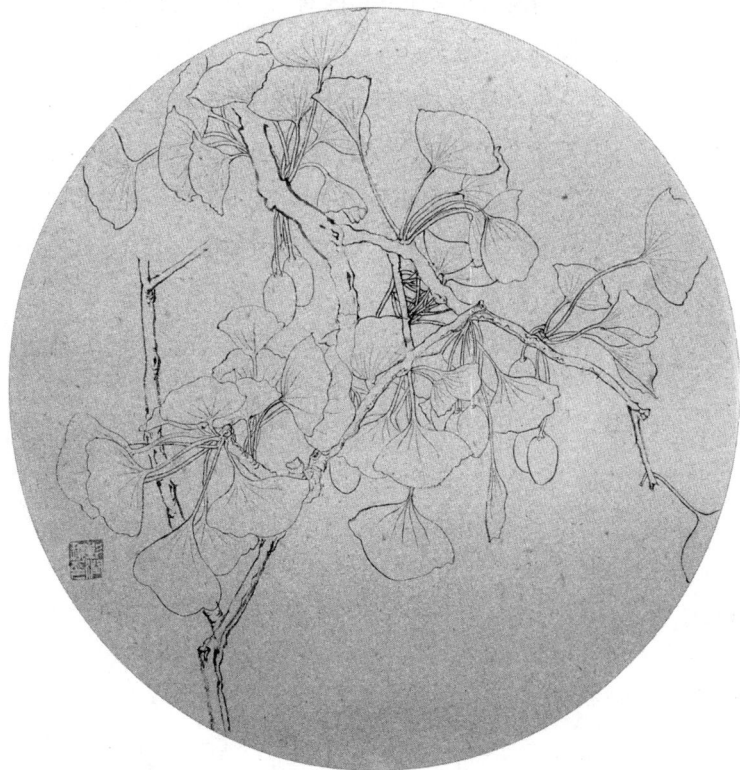

河虾

沟渠里长满了水草，也藏匿了许多虾兵虾将的故事。

爷爷总会拿一个三角推网，一篙子推到对岸。

阳光下，银鳞闪耀。

有鱼不吃虾，湖垸人的任性，让虾找到了晾晒的理由。

屋檐下，任由阳光给它镀上金色。

它忘记了河水的味道，却忘记不了绝处逢生的弹射。

以致它干涸的身体，始终弓背如钩。

爷爷默默地看着它们，就好像看到了自己。

刁子鱼

如果扬不起高傲的头，就翘起一张无言的嘴。

当隐入一枚落水的柳叶中，也隐没了细细碎碎如银的光泽。

每一次风吹草动，总是以最迅疾的方式潜伏。

预见和洞察，一气呵成。

敏锐，成了习惯，也成了它逃生的资本。

"刁子鱼太刁，一上岸就死。"

不愿在网箱里发福，也不愿在豢养下堆积脂肪，更不愿一点点磨掉仅剩的骨气——因为那是比死更可怕的选择。

向往自由，才不会轻易禁锢在一亩方塘。

因为自由，它也鲜活了一生。

刁，就是它的秉性。

爱与憎，早已随水浸入骨子里。

一秒的自由已足够。

融入水，让水镌刻鳞甲，然后畅游呼吸。

改变不了命运，就不屈就自己的生命。

至死也做回了自己。

第二辑

水乡印象

以得天独厚的水资源，书写具有地域特色的水文化。

白沙大桥

暮光之湖，映出最后一只鱼鹰，它胃囊充实，一盏渔灯、一声渔歌、一片残霞，在慢慢消化。而你，却固执地站在天地之间，掂量一份安宁。

我并不想把你比喻成大家喜欢的模样，愉悦感官，或修饰赞美之词。

你恭顺地站在白沙洲，五彩的湖水荡涤出生活的随意和狭窄。湖里的影子，随月光徐徐升起。

我居然看到了父亲卷起裤管站在水中，濯洗腿上的淤泥，与你保持同一个姿势。

在你延伸的地方，无法数清来路有多远。

而我，就在你的脉管里，自由抵达。

石拱桥

我总是错把你当成田间的老水牛，跨在小河里吸水，期待你扬首"哞——"的一声，惊飞起田径上的那只布谷鸟。

桥墩布满苔藓，光滑得如日子。记忆的长篙怎么也撑不开那艘泥划船，那是爷爷用一年时间挑着爆米花担子走村串户换来的。磕碰的声音穿透桥洞，穿过一段久远的时光，磕痛了爷爷的肩膀，也磕痛了我的记忆。

如今，依然搁浅在母亲的灶口，无法下咽。

驮过村东的朝晖，也驮过村西的日落。驮过老屋的沧桑，也驮过院墙的喧嚣。

厚厚的闸门，开启乡村的四季。父亲攀上桥顶的水闸，把身子扳成了一面钟，顺时针，是春。逆时针，是秋。

没有名字，父亲用背脊，执拗地把它弯成一条永远的路。让每个远离它的人，默念数百遍，在梦里行走千万遍。

曾经光着腚从桥头跳下嬉闹的小狗子，虽然已经西装革履，可每次回村，走过石拱桥，桥头的狗尾草，都会挤出石缝打探。

这是通往乡村唯一的隘口，不用支付任何的费用，就凭一口乡音，就可来去自由。

一些人从桥上走过，就成了往事；一些人从桥上走来，就成了故事。我站在桥头凝望，一条河就这样牢牢地把它拴在了故乡。

小妖于癸卯年丁巳月乙巳日

赤磊河

用黑色的泥土打制锻槽，一声汽笛，早已熔化银质的河水。

每一条河流都是独一无二的艺术品。

母亲用它濯洗过光洁的腰身和布裙，父亲用它擦亮过挺直的背脊和犁铧。温软的日子，早已忽略忧伤和困窘。

一次洪汛，携带沉沙，还有父母的疲惫。苦难从不吝啬赐予每一个人，即使是一条缺氧的鱼。

水车摆在屋角，与小河对视，于是水车轱辘的声音，踉跄着从干瘪的嘴唇里踅出，父亲的眼眶再一次涨潮。

如今，我不敢高谈阔论，生怕每一句话都会惊醒它。

这条河比村庄的传说更长。

从村东走到村西，我走了一辈子也没走出它的源头；从此岸到对岸，我游了一辈子也游不出这清澈的水面。

多少记忆，多少乡音，都被这水色绊倒，至今趴在故乡的怀里无法起来。

三月芦笋

浅滩

浮冰被暖阳一日收走，流水不动声色地暗示着它的宿命，大地被浸满整个春色，此起彼伏；无需暗流，一丛翠绿早已卷起了裤管，站满了整个的洲头浅滩。在它玲珑的曲线里，如一道道排笛，吹响天际的一线流云，还有一只引颈脆鸣的水鸟。虽然，所有的苇丛早已渺无影踪，但抬苇工那一串歪歪斜斜的脚印，被丛草和一截苇莞，装饰得面目全非。

湖水

随之而来的三月湖水，掀开了大地的骨头，生命在它视线里蔓延，如一方浓墨滴入一碗清水中，弥漫成一幅山水墨画；瘦骨嶙峋的河滩，抛开母语，用饱满厚实的泥土、一截生命脉动的惊喜和一方水土包裹的头巾来书写。于是，整个三月就停留在这个洞庭的湖洲上，用倦鸟归巢的心情，让湖水浸过腰际，让小鸟越过头顶、

041

让空气夹杂清香弥漫于脚尖，让吆喝声穿过栅栏，向湖心蔓延……

笋芽

这个春天，还记得去年的足迹，沿着湖风顺着笋尖滑下。洲头涌动的嫩茎，刨开冬天，破土而出；等候的水鸟，酝酿了整整一个冬天，喉管穿刺大地的肌肤，感受你厚实的胸怀里拔节的声音。

大地如母亲般经历阵痛，一丛丛笋芽如新生的婴儿，裹着暗红色的血痂，扑腾着四肢，伴着声声惊喜——

是谁梳理你的胎发？是谁安抚了你的啼哭？

翻过所有的典籍丛书，王安石来过，萧天山来过，王贞白也来过……

苇尖

摇曳的苇尖与天空在打听它的过往，重生在它的默许中。那修长的苇秆最具诱惑，不得不在三月阳春或微雨中打探，审视自己生命轨迹和意义，各自上演不同的剧情。仰视拔节的声音，不是戛然而止的幽咽，而是另一份生命的延续，于是，它被这个温暖的三月放逐，走出了村庄，走进了城市……

苇滩

天空因你而更湛蓝，湖水因你而更鲜活，沙滩因你而格外热闹。

整个芦苇滩沸腾了，在这个多情的季节。那被苇丛切割得发亮的刀背，转过身，插进了墙缝里，维持了一个寒冬，锈迹斑斑，连同砍苇工潮湿的蓑衣。不敢再拿出来炫耀，因为，只有干净的指尖才配得上去采撷这样一份生命的翠绿，让它爽滑香脆的口感，抵达你的味蕾。

整个春天就被这一片参差的翠绿，一层层涂抹成三维物象，唯有佝背如弓的采笋人，被折叠在笋汁里，浸泡成沅江舌尖上的佳肴。

苇庄

不远的村庄，翻过河堤，被一行小路牵引，寻找你说过的故事，还有一段无法解说的情话。

春天给予三月的嫁妆是如此的丰富，让来不及歇息的脚步，越过沙滩的肋骨，用一双手和一个筐来承担一支笔的责任。

小锅小灶，熬煮成乡村粗糙的日子；银叉玉盘，你一样可以绅士地与红酒邀杯。

你扬不起湖水激荡的历史，却扬起了采笋人厚实的脊梁。饱含洞庭湖水的骨髓，永远改不了的乡音，像一丛韵律被吹响；河堤的那截回路，已缩成一捆被晾晒或被腌制，然后塞进了千年的老坛，母亲的日子已变得格外轻盈，如灶前的蓝布围裙和屋顶升起的那一缕青烟。

你卑微，因为你与杂草为伍；你高贵，因为你的骨架和烟囱早已成为诗人眼中的格律。

还有母亲那一首不变的歌谣，被唱了一辈又一辈，一年又一年。唱肥了一湖的春水，唱瘦了古老的诗词。洞庭的芦苇笋依然在唇齿间留香，只是唱那首歌谣的人已渐渐老去，如坛里腌制的芦笋。

苇谣

在无法探视的距离里，笋芽一夜之间开满了脚尖，斟酌成日子，熬制成新的歌谣，由我来颂唱！

母亲的白发没有异议，父亲的皱纹也没有异议，远隔重洋的游子更没有异议，他正举着一杯红酒，点开一盘嫩芦笋，就着手机狭小的屏幕，尽情地享用……

宁弯勿折

二〇二一年十二月八日下午

河滩

　　我已经在这里裸露很久了，没有人替我羞耻，皲裂是我唯一的愤怒。

　　是谁偷走我舒适的衾被？没有留下任何痕迹。

　　又是谁剥走我碧色的裙袂？没有一丝羞愧。

　　一些同情者开始为我复苏，一粒草籽开始钻进我褐色的肌肤……

　　消失太久的路，将再一次废弃或者遗忘。

　　一只满身淤泥的螃蟹冒出来，不再横行。

　　我不知道要裸露多久。

　　我害怕习惯这样的裸露，也害怕被苔藓盖住自己的名字，更害怕被一群晚归的鸭子——踩得面目全非。

　　我再也听不懂鱼儿的忧伤。

　　对于他们，我更容易悲伤。

　　因为我一直在等，等一艘船，从我胸腔划过。

　　而一声启航的汽笛，离我越来越远。

渡

在湖水洗涤的土地，呈现出乳房般丰饶。

每一条河静静地流淌，以最空旷的方式抵达远方。

一个泅渡者，竭力让自己的下颚蜕化，变成鳃；让健壮的四肢退化，变成鳍；让所有优美的说辞，变成鼓动湖水的气泡。

拥抱生死与沉浮，那些沉重的头颅，比身体率先淹没。曾经鼓张胸脯的肺囊，在最后一刻，尽情地畅饮。

遥望一条河，你就选择融入，安然地让肉体在蔚蓝中超度。

赤水呼渡

一条河在日落前奔跑，吸尽湛蓝的天，洁白的云，还有河面轻飘的汽笛声。

它要赶在炊烟升起的时候，赶在鸬鹚收束翅膀的时候，抵达。

暮光平铺直叙，卸下面纱和宁静。舍弃墨、舍弃砚、舍弃所有的距离，用一腔赤水，领受这无边的光芒。

每一次呛水，都是一张大写意。

而我，静静地站在它的对面，忘了黑暗、忘了挣扎、忘了呼渡。

芦苇荡

//////////

孤独的湖，用一根芦苇来种植快乐。

自由的水，开始呼吸，积沙成滩，成洲。

密密匝匝的根系，繁衍深邃的蓝，流淌的云，还有
辽阔竞走的风。

包容所有的悸动，让物事一点点丰饶。

枯黄的叶子，欢呼收割。

芦花溢出所有的雄性，用一根荷尔蒙驾驭黄金地带。

荻花力挽狂澜，以蓬勃的生殖孕育韧性。

那直插苍穹的野性，不必驯服。

以子之名，给予我们恩典。

砍苇人，如候鸟般迁徙，消失在青山碧水中。

每一个闯入者，将自己交还慈悲之光，再来一场又
一场的说辞。

每一声鸟鸣，都能啄破彼此的疼痛。

偷懒的芦苇

三月

十二月
三十日下午

北港长河

洞庭以北，一条河由东向西寻找出路。

静静流淌成湖垸一处丰盈的港湾，两岸的人与它相依为命。用波光记载四季的更替和鱼汛的涨落。

它浸润过干涸的土壤，也浸没过丰实的稻香，却从容得如一头晚归的老牛。

阳光下，父亲曾用它清洗闪亮的犁铧，母亲曾濯洗过光洁的腰身。从此，这份光与热，被铸进身体，总会在日落之前，传递生生不息的灯火。

如今，它如一尾畅游的鱼，每一块光伏板，都是它身上一枚闪亮的鳞片，总能出现在一个合适的章节，让每一份律动，都会自带光芒。

这两千多亩的水域，成为幸福的眠床；那八千米的岸线，成为乡村奔跑的乐章。

谦卑的河，用最大的胸怀去接纳：阳光、新事物，还有人们的吆喝。

蓝天下，如平仄的句子，在赶一条遥遥的路。

小小的村落，头枕水声，侧卧在北港长河的幸福里。

这是村民的"日光宝盒"，合上它，就聚满所有的幸福和能量；打开它，就能唤醒一个谷满仓、鱼满仓、笑容满仓的日子。

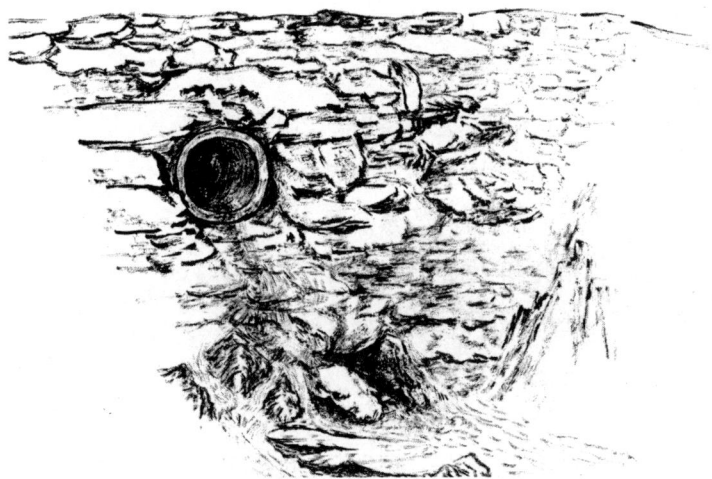

出口　小妖于癸卯年丁巳月

夜泊

当湖水濯洗天空、芦苇
还有宿鸟的影子，我试图躺进你的臂弯
听你细碎的涛声在耳边低语
像婴儿一样呼吸

夏秋轮值，总希望用一个雨季
滋养一尾鱼鳃，那些依赖
在一轮烈焰下，蒸发得一滴不剩
指缝中闪烁的不只是消瘦的斜阳
还有日渐苍老的爱

如果，每一个湖湾都能记住
风吹过的样子，那是因为我裸露的脚踝
还在你的胸膛奔跑

洞庭往西

跨过一座岛，往西。我们可以和落日一同用洞庭之水，浣洗。

河水撤退的地方，疯长的野草开始泛黄。还有满目的苇花，开始寻找第一缕秋风，算计着湖面，以及它扎根的地盘。

那些挖沙船，我看不见它是如何掏空那些沉积千年的泥沙，但我看到那股股浓烟像一支铁锚抛在天空。

褐色的河沙，被来往的铁驳船，用丰沛的汽笛声拉走。

我来到城市，都会去抚摸那些铿锵的建筑，看是否还有湖水的味道。

洪水

每一场水，都会如约而至。

你灌溉的土壤，还带着你的水汽；你流经的河流，还没来得及和泥沙沉入水底；你托起的风，还没有收缩翅膀，你以迅雷之势，在你熟悉的脚印里漫涨。

我们总会在你抵达之前，严阵以待。

用垸内的稻香与你讲和，用满园的蔬菜与你讲和，用农机的轰鸣声与你讲和。

你用漩涡拍打季节的软肋，用喧嚣畅通哽咽的喉头。

夯实的大堤，成了与你对峙的唯一屏障。

曾经，你站在河床上和盘托出的心思，安坐在一根杨柳的块茎里。

如今，淹没在一汪大水里的，除了泅渡的家园，还有父亲泛红的眼睛。

第一次感受被水抛弃的苦难，种在了大堤的脊背。

那些临时搭建的窝棚，成了一枚枚逆鳞。

每一次触碰，就痛入骨髓。

排灌站

///////////

　　当大堤拨开湖水，垒砌第一块砖的时候，枯萎的湖草化为桑田里一株秧苗。从此，远徙而来的人们，如奔流的河水，在这片洼地里驻足停留，开始挖沟引渠、种植稻香，以及家族的姓氏，还有一座排灌站。

　　枯水季节，它慷慨地把外河的水灌入垸内，看着河水沿着四通八达的脉搏，奔涌着，如久别重逢的孩子。奔向沟渠，奔向田间，奔向地头……
　　沟渠满了，田间绿了，地头湿了。
　　最后，农民干涸的肩头，挑起水一样金贵的谷粒。

　　丰水季节，它四根偌大的排水管，如放开的喉舌，日夜不息地吞咽。
　　暴涨的积水，沿着一颗心脏，开始回流。
　　如一个顽皮的孩子，被母亲唤回了家。

　　外河的水更满了。它如佛般端坐，让堤内堤外，泾渭分明。

看外河的水闻着稻香，絮絮叨叨，一路向东。

听内河的水头枕汽笛声，安然入睡。

湖垸的人，不用翻阅季候，一排一灌，足可以参悟洞庭水所有的汛期。

湿地

湖泊在人类的蚕食面前，选择一退再退，它一次次袒露心迹，然后，以一块湿地做最后的抗争。

于是，湖泊的壮阔与湿地的柔美共生出丰茂和净域。

风带动草叶匍匐向前，我仿佛看到了一朵花编织湖滩，一只水鸟唱响了芦苇荡，一条江豚掀起洞庭的涟漪，一头麋鹿踩出一个季节的呢喃。

这片湿地，繁育生命的蓬勃，也生长死亡。

无数的物种划出属于它们的王国，这里只有生长的高低，没有生命的贵贱。

每一个生命都根植于该有的地方，发芽、生长、枯萎、重生……

不慌不忙，不疾不徐。我们甚至看不到每一株嫩芽，都重生在腐败中。

看似无言，却此消彼长，环环相扣。它们总是把每一次攻城略地交付给一场雨，或是一个寂寥的夜晚。

播种欢笑和水乡诸多印象，让你一瞬间沦陷其中，而忘掉所有与之相关的细节，等你携梦入幻。

那些失去的地平线，再一次用一根水草，一簇苇丛，甚或羽翼下漫过的晴空，来一一润染。

缄默的土地，开始潮湿，用巨大的绿来为此铺垫，让每一轮旭日都卡在一棵树丫里。

于是，家园终于有了着落。

我的奔跑，我的激情，以及我的呼吸，它都能无私赋予。

水乡印象

水，是这片土地的唯一印象。

每一条河都如母亲的孩子，有着自己的秉性。
村庄总是给予他无限的包容。
农人站在田字格中，以锄代笔，书写神圣的词典。
每一滴水藏着真相。
水田、菜园、沟渠的鸭子，在一场雨里寻找粼粼波光……

田野，是水唯一的召唤。
铺陈水稻、黄豆、油菜，还有棉花，作为四季予你的信物。
蛙语会在稻香中噤声，蟋蟀会在春光下羽化。
父亲身披月光，如统领季候的将军，在晒谷坪上安营扎寨。

一滴水的家，开始营养充沛。

古渡口

河水依然流淌，连它的声响都没有改变。

那一溜起伏跌宕的斜坡，如一篇未写完的诗句，一直延伸到河底。一半呼吸，一半潜游。开裂的路面，似乎还在找寻那些消失不见的脚步。

曾经拥挤的窝棚，一点点坍塌，支离破碎的骨架，随着那些熟悉的喧嚣，隐匿在茂盛的草丛中，让寂静住进去。

或许，吞咽的喉头会勾起小贩尖锐的叫卖声——卤鸡蛋、烤饼、甘蔗、橘子……或趴在车窗，或一窝蜂地挤进车厢，或追逐在车后。

每一次车流都是一次拥挤的人潮。

一艘轮渡，来来往往。汽笛声卷积所有的嘈杂，留下渡口在片刻中大口大口喘气。

一只水鸟掠过草尖，所有的喧嚣戛然而止。

几根水泥墩从水里冒出来，如半截子的吆喝。磕碰的痕迹早已覆盖青苔。一截缆绳依然挽在柱子上，仿佛想握住那段急不可耐的时光。

如今，如一个老人，独自值守老渡口，怅望那一片浸没水中的夕阳。

湿漉漉的，一次又一次，铺展记忆。

沉默的河流

八形汉，用水分开的名字，奔涌成一条河的名字。

不用翻开千年的水志，走近源头，就能理清湖垸最清晰的脉络。

如今，大河沉默，把所有的语言交给了波纹和飞溅的水沫。

粗粝的发动机声响，想撕裂一处水面，打捞出昔日的喧嚣。

两岸的水鸟，早已习惯这份被打扰的沉默，如同习惯蜂拥而至的一场风。扑闪翅膀，丈量堤脚那块坚硬的麻石和寂静的天空。

河水被豢养，失去了自由的本色，它多想乘着风追赶飞鸟的踪迹，却被一处水闸剪断了双翅。

蜷缩在锈蚀的汽笛声里，一次次模拟龙舟的鼓点，还有来往的舟楫。

只有在某一个寂静的夜晚，咀嚼出一盏渔火，游进梦里。

船闸

一条运河贯穿南北，曾经繁忙的水路开始安静下来，偶尔几艘小船，就如同那些掠过的水鸟，转瞬间不留一丝痕迹。

湖埦的富足和丰实，都藏在这片流动的水域，只要闸门一开，就会汩汩而出。

水涨水落之间，再重的舟，再浅的水，也能来去自由。

如今，它的脊背上，是一条宽宽的水泥路，那些机动车鸣笛声此起彼伏，早已替代了汽笛声。

闸门渐渐苍老，缓慢得如一场久违的雨。它总会用自己的执拗，来询问两岸的墒情。

它依然站立，以一条河的名义，握住饥渴的橹桨；以一条路的姿态，折卷稀疏的舟楫；以一个年长者的口吻，来叙述属于它的历史；以一个拓荒者的坚毅，完成一条河赋予它的使命。

每一次关上闸门，如同关上一段久远的时光。

用单一的声线，面朝涌动的河水，心生敬畏。

至今，还能在一本教材中，找到你心意相通的原理。

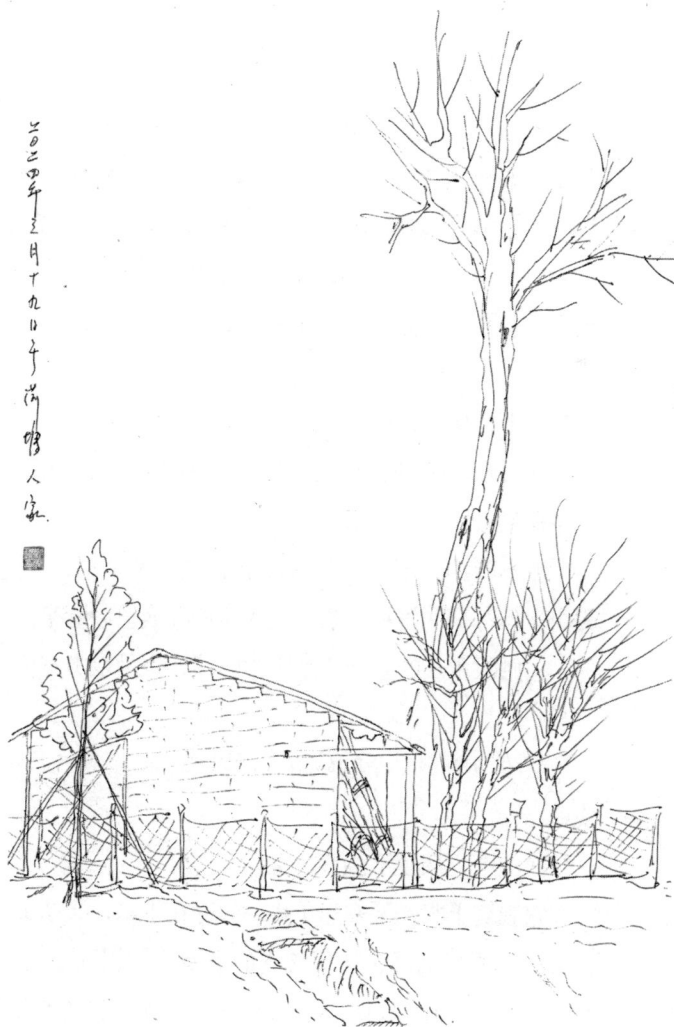

防洪台

一条河流的高度，是汛期里一把锹，或是一面锣。每一年，都会以最迅疾的方式去挤压两岸的缄默的大堤。

和大堤一起生长的，是垸内的避险土台，如点缀的星辰，总会给暗夜里的汹涌筑一道生命的高台。

加土，加土，再加土。

在最低洼的地方垒砌一座山，那是滚滚洪流中，给予生命的最后一处靠山。

数十年中，或许它已被忽略，或长满荒草，或隐匿爬虫。但每一次汛期来临，在大水的呼唤里，醒来。

这触眼可及的土堆，是水中浮萍，也是垸中方舟。

当涛声叩响生命的敬辞，泄洪成为这个湖垸最终的使命。

逆流中，泅渡于洪荒之上。

它寂寞于水，又安然于水。它存在于水，又溺于水。

守望潮起潮落，守望流水的家园，守望远道而来的游子，拂去远方的风暴，成为乡情里一处无法逾越的高台。

砖窑

把脚下的土壤揉成泥，抟成一生站立的姿态。

阳光下，抽干水分的泥砖，藏着一个湖垸的真相。

一堵泥墙携带全部的家当坐化在洪水中，成为爷爷逃荒的谈资。一片茅草引燃的烈火，烙在奶奶的手臂上，即使生活再干裂，她都不愿卷起袖子。

于是，湖垸的人开始垒砌属于自己的穹顶。

一块堆叠一块，一圈围成一圈。每一块都向心而立，化作大地的守望者。

每一块都心怀火种，一截老树就能在胸膛燃起熊熊烈火。

浴火重生的泥土，如耕作在这片土地的人们，煅烧成一道生命的壁垒。

而它总如子宫般孕育，一次又一次经历阵痛。

然后掏空这些带血的骨头，在这片湖垸里生根、发芽。

高耸入云的烟囱，不是人间烟火，却是点燃幸福与希望的火种。每一次鼓动风口，都是在熬制生命的赞歌。

只是它无法想到，这片空阔得只剩下泥土的地方，最后成了最佳泄洪口。

古老的砖窑、矗立的烟囱，随着泥砖，一起消失在洪水中。

固若金汤的砖窑，没有挺过灭顶之灾，却让千家万户躲过了一场洪水。

它曾经站立的地方，被洪水凿成几百亩的水面，仿佛它从未有过。

如今，我再也无法搜寻到你伟岸的身影，但你早已是湖垸里不倒的丰碑。

我总会从一砖一瓦里，找到属于你的故事、你见证的岁月……

鹅卵石

惊叹于一棵千年的古树，或敬畏一座烟霭般缥缈的庙宇，是否会更在意一颗鹅卵石？

我真想从一颗鹅卵石里，看透这漫长的黑暗，那些支离破碎的创痛，那些经年累月的繁复，还有无法改变的初衷。

水轻轻流过，裹着它，冲刷它，打磨它……

从光滑的曲线里找寻锐利的棱角，从细腻的质地里找寻未知的光阴，从曲折的年轮里找寻一段鲜为人知的故事。

捡起它，就捡起彼此的缘分。

扔下它，就放下属于它的归宿。

或许，几百年后，当再有人捡到它，也会读到我。

标本

一只红颈苇鹬穿过一截浅浅的月色，被搁浅在阔大的展厅里。

那些相依为命的苇丛，在记忆里广袖长舞。那些鸣叫，还在湿地里盘旋。

忘记梳理灰色的羽毛，忘记湖面隐隐的薄雾，忘记芦苇花开。

如今，被定在时光深处，在被掏空的躯壳下，再一次振翅高飞，一直飞到天空变蓝。

当关门的那一刻，所有的鸟雀守住声音，陷入了沉寂，仿佛那一眼望不到头的苍茫。等人声喧哗，一切都生动起来。

那双眼眸依然纯粹，仿佛不曾睡去。

不再惊惧任何声响。

每一次走近它，都会惊喜于剥离肉体的灵魂，藏有一片湛蓝的湖泊和自由的天空。

南洞庭干了

曾经，我对着那一条奔腾不息的河水，总想打探它内心深处隐藏的秘密。

那一个个漩涡，是否如我般，走到你的面前，不得不停下脚步，回转。

我甚至不计后果地想象你暴露在我眼前的场景。

当一个漫长的旱季来临，饥渴的，除了桨橹，还有潜藏在这片水域里的鹅卵石。

湖底的淤泥，裸露在白日下，被一点点抽干水分。

柔软的肌肤开始皲裂，每一个气孔，都在挣扎呼吸。

走进湖底，仿佛触摸到你的疼痛。

那些起伏的轮廓，曾经是鱼儿的家园。如今搁浅成一尾缺氧的鱼，和一颗鹅卵石相依为命。

每一次风起，都会如我般踮起脚尖，想迎一场久违的雨。

更是在寻一条迷失的河流。

镇江塔

一

洞庭渔舟想用白帆
划出自己的疆域
唯有一枚印章
从未揭开
宣读谁的主权

二

我不得不把它
拴在长长的水带上
让白鲟背负着它
让黑鹳照看着它
让天鹅守望着它
…………
等着一条江
走到了句子的尽头

然后支起一支笔

滔滔不绝地

从湖心涌出

一段传说

美人蕉

癸卯年丁巳月于小河咀 小枚画

鸡婆柳

被河水洗刷的浅滩，生长淤泥和野草，也生长着一片柳林。

每一条柳枝，仿佛是从地底下伸出的千佛手，然后如发丝般垂下。

每一场洪水，都是它的洗礼。

它想拽住这涌动的水流，却被撕扯得面目全非，枝丫上挂满了洪水遗落的战栗。

那些深植的根须，成为拽住生命的力量。

鱼儿们潜藏的家园，开始丰盈。

劫后余生的柳，如一只盘伏的母鸡，蓬松着羽毛。

它的身下开始生长碧绿的草丛，一点点淹没那些残存的积水。

走进这片柳林，就能闻到湖水的泥腥，还有走兽的气味。

只有此时，它才会忘记所有的苦痛，独揽空旷的喜悦。

每一次不速之客的闯入，都是对它的深度挖掘。

而它，就会用人迹罕至的幽深，完成对这片湖一年一度的抒情。

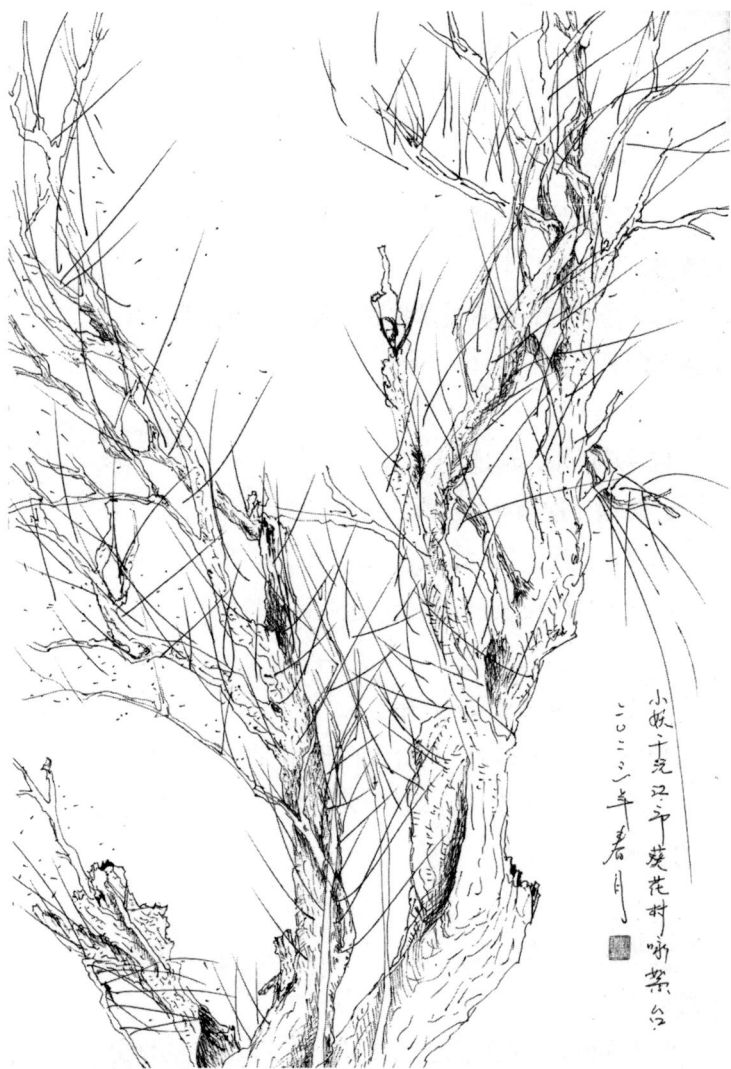

沙湾河蚌

风把一层层的波纹堆叠在沙湾，也堆叠上了河蚌的硬壳。

它漂浮在静谧的河滩，随湖水起伏，微微打开了贝壳。

河水过滤沉沙，却塞满它谛听的耳朵。

它不得不蠕动身子，呐喊。

如果赶不走苦难，就包裹疼痛，磨平那些棱角。

每一粒沙子，是它挣扎于世的考验，也是散发光泽的内核。

每一粒珍珠，是眼泪凝结的忧伤，是苦难结出的果实，是劫后余生的美丽。

静谧的港湾，依然敌不过忧伤。

每一次行走，都会拉响远方的汽笛。

河床上堆满了你的骨架。

人们剥离它的苦难，就像掏出所有的高雅和魅力。

阳光洒下，裸露的贝壳，折射着它仅剩的云彩。

这个六月，它终于用一生，成全了一粒生辰石。

洞庭航标

壮阔的水面，在夜色中绵延。

夜行的汽笛声，是隔着一个世纪的呐喊。

探照灯的力度洞穿不了胸膛，只能摸索着波涛涌动的方向，远离泥滩。

浮标，成了夜色中遗失的北极星。

多少次，它羡慕远行的风帆，也羡慕划开湖水的长桨，那里有大海蔚蓝的诱惑。

然而，如果可以让更多的船只不再搁浅，望尽千帆又何妨？

不是铁链束缚，其实早已皈依这片变幻莫测的水域。

随水涨水落，看水鸟驻足停息，听云与帆对话。

习惯了风雨，一样有拽住万顷波涛的胆识和力量。

擎起一盏灯，就擎起一条生命的航线。

所有的光芒，陈述一切与之相关的神话。

而一条水路，需要它用一生来指引，或警示。

砂石场

八百里洞庭，孕育了成群的鱼虾、鸟类、青草，还有丰富的沙石。

每一次吞吐，携带河沙，铺成这片水域里最温暖的眠床。

沉积的河沙，开始闪耀着如黄金般的光芒。

千万年来，成为大自然沉淀岁月的馈赠。

一声汽笛，如隐在时光深处的一枚银针。

寂静，瞬间就刺破。

河床上只留下一道道疤痕。

掏空河沙，砌成了洄游者迷失的深渊。

干涸的沙粒，是饥饿的呐喊，盼望如雷的盛怒。

无须清洁，无须淬炼，垒成河岸一粒一粒的忧伤。

不再羞耻于裸露，从此，它将背叛它的过往，远离波涛的私语。

它一次又一次寻找回家的方向，它一次又一次登上脚手架，站在高楼，望着那一片流动的河。

一只水鸟的家

衔一根树枝，想缝补去年的巢，还不够，再加上几根苍老的羽毛。

这个庞大的工程，如同城市里搭建的工棚。总会在某一个雨季，洞穿所有的梦想和生活。

一只水鸟，终于在岸边盘旋成自己的家。

当秋叶滑落的时候，所有的鸟把热闹留在了枝丫。

那里开始萌动生命。

那里也开始生长依恋。

我担心，我伤害过的一棵树，以及树上的一只鸟窝，会疏离我。

但是，它们早已忘记了我对它们的伤害。

当我再次回到那片湖，它们都会掠过湖边的那片树林，把童年的乐园再一次交付与我。

以河流的名义

以一只水鸟的名义，垒砌一块歇脚的大麻石。

以一粒水稻的名义，寻求一条河的源头。

以一条河流的名义，询问一片荒野的墒情。

我们掘地三尺，也找不到充沛的雨水。

我们亲尝百草，也医治不了一条河流的忧伤。

我们狂歌痛饮，也藏不住一片如银的水域。

不是因为你站在云端之上，就看得见每一条河流的走向，以及这片土地孕育蝼蚁瞬息的恸哭。

你拥有不了太多，一滴水就可以照见前世的你，如佛般仁慈。

第三辑

洲垸物语

一些具有地方特色的物件，既是对过去的回忆，也是对现在生活的见证，通过诗意的描写，夹带历史的厚重感，挟裹乡愁。

九臂樟

我一直想象你千年的模样，一定有一生三的道骨，三生九的仙风。而一分为二的枝节，却无声地敲打着北宋王朝。

追溯历史，就如同追溯一场风雨。谁曾想到，肥沃王朝的，却是那些在树下逃荒的呻吟和冰凉的尸骨。

石阶上，一只幼鸟还没来得及长满羽毛，就和几片叶子一同落下。

我聆听这一树的鸟鸣，早已忘了这种生死的较量，也分不清哪一句是欢歌，哪一句是悼词。

一些安宁需要承受寂色，一些寂色需要尝试繁华。

没有红带缠身，就远远地供一个香炉。

烛已点燃，香也插好，唯一的火，开始在树下汹涌。

樟抱腊[1]

///////

一棵樟树。

风掏空它的身体，雨冲刷它的根系，它就站在那里，孤独地站了几百年。雷卸下它的枝丫，电焚烧它的执拗，它依然站在那里，孤独地又站了几百年。

它的坚持，它的坚信，交给了一场风，或是一只鸟，甚或是一粒种子。

一颗腊树的种子。

跌落尘埃，倾听曲折的黑暗，在激情磅礴的脉动里重生。

血液里，有它触摸到的疼痛，还有骨骼里的风雨和世事沧桑。

樟叶紧握每一缕霞光，等一轮秋风滑过，将它盘在手心，温暖着它。

系上红绸，让每一声鸟鸣，喜悦得像一场盛大的婚礼。

---

[1] 樟抱腊是湖南沅江赤山岛上的一棵千年古树，又名樟生腊。

残存的香火还在祈祷，时光在一点一点地缝合彼此的距离，而又一个年轮早已虔诚得只闻到枯叶的味道。

　　我不敢仰视——

　　树节看我的眼神，像极了我望它的温柔。

住进水乡的月亮（牧鸭船）

一艘小小的船，是住进水乡的月亮。

云梦泽的春水暖了，急不可耐的除了鸭子，还有那一条牧鸭船。

门前的水路不知有几道弯？鸭子数过，它也数过。于是它绕过了三百六十五天，却没有绕出日升和月落。

湖垸的石拱桥到底有几座？

它对着桥洞喊：咧喔咧喔——

声音穿过一个又一个桥洞，赶回了一群迷路的鸭子。从此，它不敢轻易交付一声沥干的回音。

它太小了，小到只容下一双脚。

我知道，这是为泽乡缝制的鞋，穿上它，可以让我们任意行走，追赶鸟语，追赶花香。

它太轻了，轻到一个肩头就可以扛下。一根竹竿就可以让它动如脱兔、静如处子。如一片飘落的叶，风一吹，可以让河水安静，远山静默。

牧鸭的人啊，这是你的战舰！

不管水路多曲折，有它，失群的鸭子也能找回自己的家。

不管有多少石拱桥，有它，水乡的路才绵延不绝。

因为，它是水乡一弯流淌的新月。

风车

"远看像头牛，近看没有头。杀哒冇得血，煎哒冇得油。"

孩提时，我不止一次对它怀疑，也不止一次审视。

喜欢烈日下金黄的稻子、喜欢湖垸里扬起的一缕季风、喜欢发酵的空气中弥漫着夏虫的体香……

风车总是不负众望，这片田野交付给它的稻香，在它面前，所有的稻子一一袒露真假虚实。

被风扬起者，为谷壳，用之灶口或做烟熏之物；被扬出者为秕谷，碾碎后做谷糠饲料；而未被扬出者，颗粒饱满，可做精粮。

每每交公粮，风车也成了过关检阅的通关文牒。

父亲把风车叶摇得比风还快，母亲以小女子的胸怀抱怨，但父亲犟成一头牛。

堆放河堤的稻谷，被吹了一次又一次，吹走了谷壳，也吹走了秕谷，留下了实诚。最后，父亲挑起的每一担谷子，比往常都要重，但他把腰杆挺得比往常要直。

时光，总是让一些物事在不知不觉中流逝。我不知道，它们失踪是否在同一个夏天，又是否曾互相对视，惺惺相惜？

　　只是我看到父亲眼里，总是闪着金黄，那是种植在心里的信条。

　　如今，它们随一句俚语失散多年，却又在每一次乡音和俗事里，被记起、被重提……

牛轭子

春来了，你也从墙壁上走下来，走向田野，走上了牛肩胛，走进了农人的吆喝声里。

一截曲柳，从几千年农耕中悠悠走来，简单得没有留下只言片语，却撑起整个文明古国厚厚的典籍；两根素绳，纤细得没有拉住一寸目光，却拉起了世世代代的那一片生息的沃土。

它是唯一，唯一得只属于一头牛，只属于每一个流转的季节。

套上牛轭，一俯首，就书写出"甘为孺子牛"。

从此，再犟的牛也没有了脾气。

而我明明闻到汗牛那血肉模糊的肩胛，暗沉得深入骨髓。那是生活的锯齿，切割每一个日子，亦如一道沉重的柳，锁住了矫健的四肢，也锁住了四季的哀与伤。

父亲最能感同身受，用布条把牛轭子缠了一圈又一圈，直到它软过结痂的伤口。每一次擦牛胛上的伤口，他都忘了擦拭自己带血的肩胛。

苦枣树

‖

我不知道，每家屋前屋后都会有那么一棵苦枣树。

它跟其他树一样，该繁盛时繁盛，该结果时结果。每颗枣子圆润、饱满。但所有的喧嚣似乎和它无关，没有人从它身下走过，甚至包括一只鸟。

苦枣树也想自己成为一棵颗粒饱满的庄稼，喂养村庄的日升月落，但苦枣树很苦，苦到村里头最落魄的黄二叔都会看它两眼。

"还有比它更苦的吗？"

每次说这话的时候，苦枣树在沉默，又在沉默中酝酿一次丰盛。

但苦枣太苦，没有人眷顾，更没有人在意它的收成。

于是，它不得不在风起的日子里，掩饰失落，放下所有的卑微。

一头水牛走过。

一群鸡鸭走过。

一群小孩来了，他们踩着金黄饱满的苦枣，苦枣子发出了清脆的声音。

"该收割插秧了……"

整个村庄都笑了，苦枣树笑了！

大旱下的美人蕉 小妖 二〇二二年九月十九于洲上人家

煤油灯

用一根线，拧干尘世的所有繁华，携光潜行。

把火种投进斑驳的黑铁和沉默的清油；把火种投进玻璃器皿和燃尽的骨灰；把火种投进孤独的长夜和荒芜的梦魇，让空洞的眼窝打开眼睛流泪。

欲望犹如地下之火，沿着每一寸肌肤，洄游，汇聚成密不透风的光。

深埋的那缕馨香，开始追踪曾经丢弃的词语和温暖。

焚烧苍穹，点燃黑夜。

把血和闪电织进肉体，隐喻枯竭的命运。

束缚的光线，亦如被驯服的马，忘了野性。

幸存的诗，在灯影下流动，这是残留在大地上的谦卑。

我从未怀疑，相拥而生，相融而灭。

在村头一块荒地上，有一座土地庙，土地庙的旁边有几个坟堆。

土地庙很矮，甚至矮过瘦小的坟堆。

土地庙一年四季香火不断。哪家母猪怀孕了要去土地庙；哪家母猪下崽了也要去土地庙；哪家母猪没奶水还是会去土地庙……而母亲，甚至因为鸡婆崴了脚也会去烧上一炷香。

土地庙里住着土地爷，土地爷在土地庙里看野草淹没坟堆，在烟熏火燎中福佑众生。

母亲愿意去土地庙，因为她不用担心土地爷嫌她唠叨，也不用担心因自己祈求太多而嫌她贪心。

在土地爷面前，吝啬的母亲总是很大方。她每年会选一个黄道吉日，给土地爷塑上金身。此后就会心安理得地向土地爷祷告。看缭绕的佛香，洗浴她的家人。

母亲每次从土地庙回来，总会满心欢喜地退到悲伤以外。

我也开始相信土地爷就住在那里，把自己坐成了一炷香火，庇佑着一方子民。

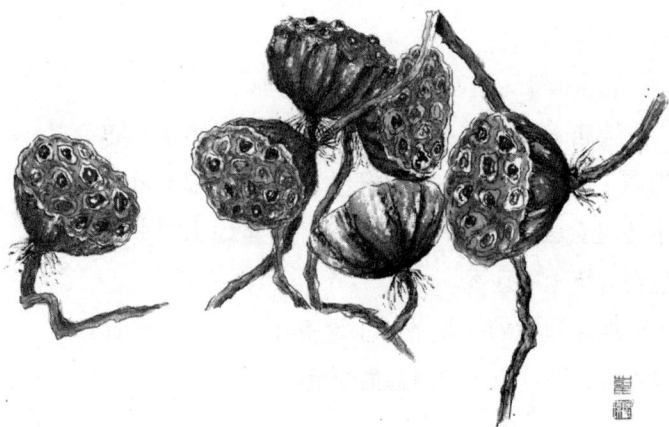

粽叶

屋后一丛芦苇，总是在端午节前后才会茂盛。它是带着使命来到人间的。

清晨，母亲洗净双手，用剪刀轻轻剪破浓雾，剪下第一片青翠的粽叶，庄重得如一场仪式。

浸叶的水一定是新打的井水，装水的木盆一定是带着桐香的。

安静的粽叶喧嚣了整个厨房。

糯米软了，粽叶也软了，日子也软了。

它们喝饱了神赐的清凉和美好，想用一根细细的麻绳来裹紧幸福。

粽叶尽量变成屈子的模样，即使沉睡江底，鱼虾啃食，依然选择有棱有角。一角祭奠逝去，一角独对夜半，一角倾尽韶华。

它忘记了自己的出身，倦于尘土飞扬。

于是，折叠光鲜的外衣，随时光再一次沉入江底，等着有人来打捞。

斛桶

　　涨水的时候，稻谷低着头，倾听镰刀的切割声和云梦泽里的丰腴之美。

　　粮仓张大了嘴，像嗷嗷待哺的幼鸟。与它一同张嘴的还有这只桶，它装下的不光是闪亮硕美的果子，还有一个夏季的诚信。

　　爷爷说那桶啊比一头狼还狠，奶奶说那是个妖精，五斗进十斗出。

　　终于有一天，它被一群穷极了的人押上了审判台。它长大嘴，想辩解，可空空的肚子倒不出一句像样的话来。

　　终于有一天，它与所有的农具接受分配时，它被冷落了，它尝到了失信的后果。父亲带回了它，放置在堂中央，就像挂着的一条家训——从此我不敢再失信。

　　被米粒打磨的斛口，开始听爷爷叙说过往，等着填满胃囊。

　　如今，它却涨得如一只掉进秧田的鸭子。

填满的不仅是母亲默念的欣喜，忘了它的刻度。那些曾经的悲苦也随之开裂、生锈、剥落……

土豆 癸卯年丁巳月

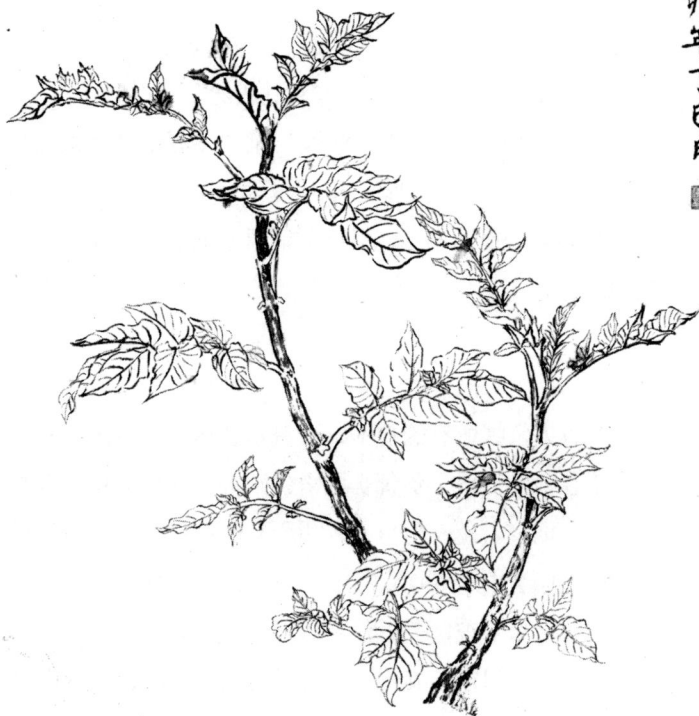

量米筒

蓄积黎明之光和万物的忏悔，寻找属于你的另一种行走方式。

截一节苍翠，刻上"仲秋"和"兴隆"，所有的富足开始晶莹透亮。而饱食，来自每一粒米香。母亲用它精打细算，一舀一刮中，早已丈量日子的长短，还有生活的芳醇。

如果出身很重要，那么选择更重要。

有人敲掉所有的竹节，让流水通达五脏六腑；有人守不住最后底线，仿佛那圆滑的沙漏，最后只剩一副空皮囊。而你，留一份竹节，用所有的诚信灌满肉身，足够让我们享用一生。

用丰沛米香，斟满云梦泽里辽阔的天宇，背负陈年旧话，蹚过自己的旋涡，站立成骨头的模样，在世风中青翠如初。

母亲眼里装满了贫乏，但你成了她唯一的富足。

母亲没有文化，却读懂了你给予的暗示。

从此，丰衣足食。

石磨

水乡只有水，抬眼就能看到。

水乡看不到山，也看不到石头。

为了寻找这份硬气，水乡人硬是把它从大山中肩挑背扛而来。

石头一点也不领受这份虔诚和欢欣，它用测试水的方式来测试水乡人：用尖锐的棱角打磨他们的肌肤，用沉重的压力消磨他们的耐性，用坚硬的骨骼琢磨他们的器度。

石头终于接受这一方水土的膜拜，开始在水乡扎根。

雕圆凿方。"圆"给了生活，"方"给了行走。

凿纹，旋涡般聚集，又如花瓣般散开。凹凸成无字的天书，阴面向地，阳面朝天。

每一次行走，既是终点，又是起点。

每一次挤压，都将呈上大地所有的富足，如母亲的乳汁，生生不息。

所有的日子，只要浇上水，转几圈，就能倾倒出岁月的残渣，还有生活的逼仄。

爆米机

一声巨响，划出它作为王者的领地。然后豢养米香，还有一些驻足的影子。

它总是把自己放在架子上翻滚、炙烤，让全身沾上尘世的烟火。

它还想用一块表来装饰唯一的高贵，而指针，不是指向想要去的远方，也不是指向需要承受的压力，而是聚集所有的底气，凝成每一滴汗水的珍珠。

只等轻轻一敲，就落满一个村庄孩童眼眶的欢喜和忧伤。

爷爷曾经用一担谷子换回它，从此，它就把爷爷拴在了那个担子上。

左三圈，右三圈，绕来绕去，就如人世间那一个无法理清的旋涡，都绕不出它唯一的地盘。

无法洗尽的铅华，终于在一瞬间领悟。于是，它有了比爆竹更响的声响。

当爷爷的脸被熏成烟火色时，作为回报，它呈上一担谷子，还有杉木打制的棺材。

爷爷第一次失聪，说斧头的砍伐声像极了爆米的声音。

当爷爷躺进那口他引以为豪的杉木棺材时，四周的鞭炮声像极了爆米的声音，他却没有失聪。

爷爷终于用爆米声把自己掩埋。

只剩硝烟的味道呛哭了所有的过往，还有乡村里唯一的爆竹。

绞把筒

它像弓一样，把自己拉满，却找不到匹配的箭。于是，被现实逼进死胡同，蜷缩在竹筒里。

那些铿锵的视野，让它一次次想象辽阔大地上奔跑着的猎物和风一样的奔跑。如今，不得不面对一堆干枯的素草，或者来自田埂的草垛，或者来自茅草房顶。

这些卑微的事物，总想以最简洁的轮廓，移形换骨。以同病者相连的壮举，用身体扭转乾与坤。

它始终无法逃脱牵绊，也从未被驯服。于是，皲裂的十指，如按顺毛，让野性开始在双臂间打结。

当所有明媚的日子都被覆上稻草，生活也一点点变成了麻花。

而我总是把它挎在肩上，模拟自己是一名神勇的战士，在狭小的乡村小道上开始征战。

最后，在日落西山前，我却被一根稻草绞住了双脚。

不得不承认，我的童年就是在"吱呀"声中，完成了我的侠客梦！

小蓬草（风里雨里依然元所畏惧的杂草）

瓜瓢

屋后的菜地一年四季都很热闹，所有的物事乘天风而来，如一只鸣蝉，吸附在母亲忙碌的脚步里。

母亲搭起一人多高的瓜架，用稻草绕成瓜藤的必经之路。

从此，瓢瓜每一片叶子储蓄阳光，用肆意的汪洋灌注果实，然后盛满星子和母亲的忧伤。

每一朵花急于表达，每一粒果实都善于表达，瓜架也不负众望，饱满得让母亲开始挑三拣四。

那些系上红线的，开始养尊处优，守着瓜架，迟迟不肯下来。

最后，它用坚硬的外壳完成最终的使命。掏去那些纠缠于心的千丝万缕，用唯一的硬气武装自己，成铠、成甲。

一分为二，一半悬于高墙，一半荡漾于水面。

于是，摈弃所有生活的负累和难承之重，舀起了微凉，也舀住生活的一缕芳香。

为瓜，为瓢？其实，一切都源于母亲的初心。

扳桶

生生不息的水，流到哪里，哪里就有稻谷，有稻谷就有一张扳桶。

湖垸人可以没有房子，却不能没有扳桶。

从第一粒稻芒闪过，就开始守望，直到所有的稻谷弓背及地。

当它被所有的稻香馋得迈不开步子时，开始与这个季节比肚量。吞下镰刀下飘卷的热浪，吞下一头扎进水塘的烈日，吞下满河还带着暑气的星子，吞下颗粒饱满日子……然后不顾一切地咀嚼，生怕错过这一场盛宴。

不顾被镰刀割破的手指，不顾被河蚌划破的脚底，不顾来不及喝一口凉水的喉咙，就火急火燎地把整个田野据为己有。

只管扯开嗓子在禾兜上奔跑。

追赶一场风、一场雨、一场被计量的烈日。

苍天之下，沃土之上。

大片大片的金黄投进它的胃囊，像一丛篝火，在火塘里噼里啪啦地响。最后，一个饱嗝，出卖一个季节所有的慷慨。

揪住两只前耳，就像拖出一头待宰的年猪，总想在那一刻，用所有的虔诚，祭祀这个满心欢喜的时刻。

"生一个能拖扳桶的。"

爷爷把扳桶的一只耳朵早早交给了父亲，后来，父亲把一只耳朵交给了哥哥。三代单传，他们始终没有办法离开扳桶的一只耳朵。

当它被三代男人拖行在广阔的田野时，那轻飘飘的，像极了浮在天空上的一朵云，让我忽略了它的笨重和迟钝，也明白了祖祖辈辈为何把它写在了泛黄的家谱里。

吹火筒

一口气，就能吹出一个活色生香！

坐在灶口。一颗火星，跳跃成满腔的烟火，逼仄的烟囱，像极了那些苦哈哈的日子，总是无法顺畅地点燃生活的激情。

一缕、一股、一丛……如生活的沉重，开始叠加，最后，仓皇地溢出灶口，然后填满那些添柴加料的眼眶，去擦拭、去解读。

把一切交给一根竹筒吧！

就那么长长一吹，让星火裹挟浓烟攀爬。喷涌而出，如长河般逶迤向前。

就那么轻轻一吹，让火苗烧出骨头爆裂的声响。

来不及抚摸被烧灼的肌肤，用悠长的目光点燃人间四月，点燃稻草上被遗忘的一粒鸟鸣。

它不是长笛，却能吹起万里长风；它不是长箫，却能吹圆大河落日。

时光如烟火般一茬一茬点燃，又一茬一茬熄灭。
曾经吹出人间烟火，不知何时被时光扔进烟火而变成烟火。

每每望着那屋顶的烟囱，明明就是一根吹火筒，昼夜不舍，
向这世间万物，吹出两鬓沧桑、吹出了地老天荒⋯⋯

木屐

嗒嗒作响的木屐声里，回荡着一个朝代的崛起和坍塌。

从回廊走来、从春秋战国走来、从雨季走来……每一次都走得那么彻底，每一次都走得如此干净，从来不会拖泥带水。

"悲乎，足下"，伴随一声叹息，伴随着寒食禁烟，伴随着清明雨上，忘却火焰和割肉之痛，借绵山之土，归于洁净。

此时，无论是逃亡的公子，还是称霸的国君，抑或是倾国的美女，早已随历史尘埃落定。

用焦木做底，以牛皮做面，穿上它，你就可高人一等。

陷于尘世的泥淖，只要踮起脚尖，就可看到人间，也看得见历史。

两千年的木屐声，叩醒骨子里仅有的良善，也叩醒英雄沉沦的悲凉。

　　以树为骨，以罩气为魂，许我万物之尊，以永世的悲怆，用俗世战栗的肉身，行走千年，回响千年。

辣蓼草

水流过的地方，就会疯长。

每一场汛期都完成对它的包抄。

啜饮苦水，退隐湖洲。

骨子里的辛，挤出辣，在《本草纲目》里把自己酿成一剂良药。

苔花如米。

当种下悲苦和绝望时，也不忘用最卑贱的草籽，种下阳光、雨露，还有一茬一茬的酒香。

随意扯下三株：一株入坛、一株入药，最后一株入口。

用最大的嗓门，惊醒整个村庄。

也用俗世的偏方，医治渐次的荒凉。

紫云英

冻土孵化这万千的羽叶，浓翠得藏住了整个春天。

擎起一支火炬，把大地煨出紫色的云彩。

唤出犁耙、唤出耕牛，在这个蛙噪水响的季节，翻耕入泥。

翠色欲流的茎叶，喂饱的不只是这片水田，更有我饥饿的胃囊。

沁入心脾的紫，簇拥如飞。

一摇一滴香，一曳步生莲。

虽没高居庙堂，却有肥田沃土的碧野红云；

虽没有深谷幽兰之情操，却有带霜缀露的清香。

从此，我看他的眼，也不再卑微。

百花之外，做自己的女皇。

荟萃群芳，以最美的杀伐，略地攻城，广袤无垠的湖洲浅滩，成为我脚下的疆场。

引蜂而巢。

用蜜之语，与这个世界达成最后的和解。

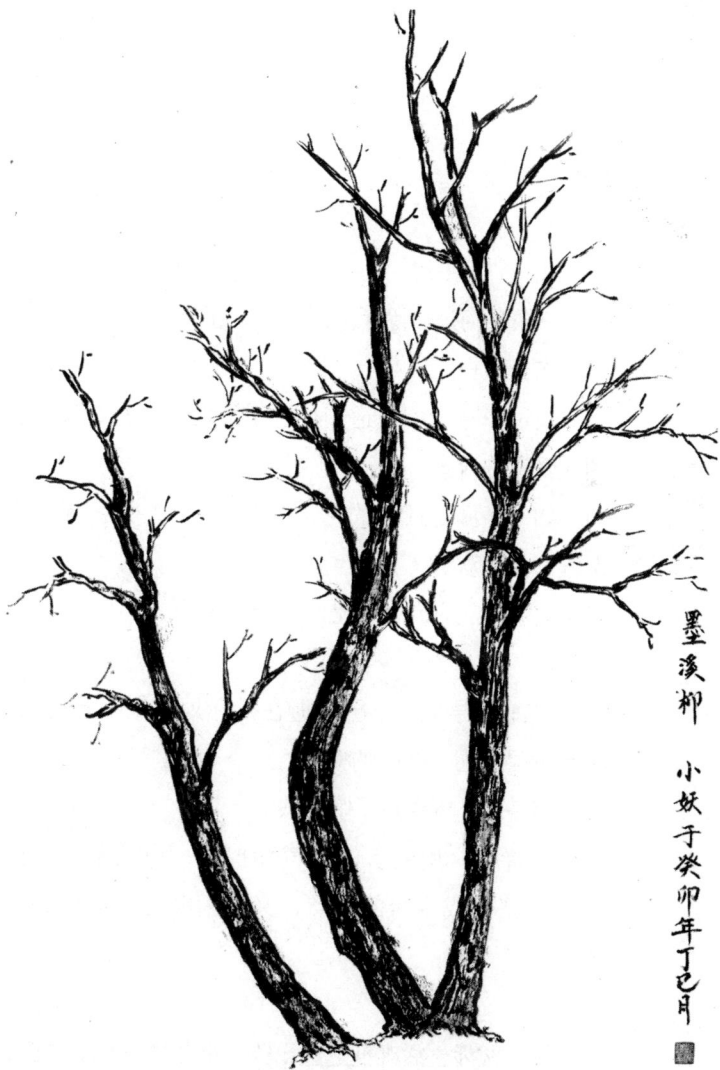

墨溪柳

小妖于癸卯年丁巳月

拖驳子

一条条河道，除了盛产鱼虾，还有一声声汽笛。

悠长悠长。

长过了弯弯的河道，长过了绵延的岁月，长过了湖洲人坚实的背影……

如一条游走江湖的龙，绕过洲头、绕过浅滩、绕过湿漉漉的悲欢。

它驮行的方向，就是云梦泽的希望。

雄浑的号子，早已消逝在云际处。化不开的浓烟，那是拼尽全力拉纤的呐喊。

每一句，都深过了吃水线。

为首者，用强者的勇气和担当，引领来去，把长长的水路走成生命的起点，又把生命的归途走成长长的水路。

拖，跋涉生活难抵之途；驳，承载生命难承之重。

砍伐一路的风景，以及从河底飞翔的天空。

巨大的涡轮，一次次把梦想卷成激流，又一次次把现实击成浪花。

　　枕着水声，一路漂泊，一路种下驳岸。

　　在云梦泽里，来去自如……

大头菜　二〇二三年三月九日游八铺汊赤山大桥

119

拴马樟

洞庭，掀起了翻天巨浪。

九州，已被吞噬；王朝，夹杂水之殇。

垒土成了寨，伐木作为船。英雄，在传奇的舞台角逐。

于是，江山没有了贵贱，金銮殿均不了贫富。

所有的人，活成了一根绳索，套在征伐的怜悯里。

每一处湖洲是敲响权贵者的战鼓，青草扎根的地方，是万头颤动的旌旗。

那些忘了初衷的马蹄，打着响鼻，总会自乱阵脚。

曾经的拴马樟，已经长成参天大树。看九州变幻，王朝凋零。战马与英雄埋于黄土，唯有它，越来越葱茏。

所有的物事，都被拴在一截马桩上，然后在九百年里开枝散叶。

每一次风起，英雄的名字就会一一摇响。

并不是所有的人，都要用成王败寇来遮羞，都要盖棺论定。或者，在典籍里留下一席之地。

忽略必然的悲伤，还有偶然的生死，人间也不至于瘦骨嶙峋。

草莽与英雄，在卷曲的命运里，钻进历史的尘埃。落定。
一棵树，给了我们唯一的机会，学会了反刍。

泥划子

泥划子是一条船。

但从不载人。

一大片松软的泥田。

等一条泥划子。

一巴掌深的船沿，接纳所有的苦，甚至超过苦的重量。

没有舵，没有桨，终日与泥巴为伍，浑身涂满泥水，这时，泥划子像极了父亲的老水牛。

每一次驮运，父亲在前面拉，没膝的泥浆裹住了他的双脚。

父亲都会把每一声呐喊化成一根脆响的鞭子。

泥划子终于游成了船的模样！

当清除所有的负重，身体里也溢满了阳光，还有泥土的气息。

不用祷告，用不够修长的身体，做稻田里丰盈的搬运工，肥沃的不单是这片热土，还有金色的日子。

当你和所有的农具靠在墙角时，你一定闻到了稻香，

听到了布谷鸟的叫声。你居然忘了泥浆，忘了那些步步维艰的
日子。

或许，你也会遥望田野外的那条河，蜿蜒到日头升起的地方。

这时，我看到你全身长满了无数的眼睛——放光，透亮。

你想象自己一身桐油香，沐浴在湖水中，身旁落满了星光。

妈妈的炉罐

用三根树干架起茅草房，用三根树枝架起一口罐，这片土地就有了烟火气。

八百里洞庭水，付之于汤、付之于食、付之于美味。

火燃起来了，罐体红了，水沸了，整个湖垸烧开了。

围裙。汤勺。还有熏黑的脸。

在那一刻，照在汤面上。

这生活的焦灼啊！开始翻滚。

一把汗，用夜的肤色，用山石的骨头，按照神的模样，铸造。

每一次炙烤，沉淀所有的夜色，涂满腹、涂满脸、涂满双耳，然后容下素色、容下四季、容下生命所有的重负——熬煮。

朝气蓬勃的日子来临，掀开盖子，所有的芳香扑面而来。

如果人间就是一次赴汤蹈火，我又何惧做一炉罐。

炙烤吧！

没有比烈火来得更坦荡，没有比焦烟来得更刺激，守住内心，然后哂然一笑：妈妈的炉罐。

蒲公英

这里的沟沟坎坎、这里被嫌弃的荒野、这里远离足迹的河滩，都是奉给它的摇篮曲。

钻出大地的温床，开始构建属于自己的神话——

从浅绿到金黄，就这样毫无顾忌地与太阳对峙，与野菊对峙，与向日葵对峙……

太阳抽干花瓣里的私语，它卑微地躬身退到尘世以外，在未知中奔赴。

每一次悸动，都是内心的一次周密布局；每一阵风的造访，都是一次跃跃欲试的飞翔。

谁说甘，微寒？《本草纲目》早已烂熟于心，却翻不开任何一页，医治放弃或坚持。

每一根触须，是命运的馈赠，把一次次聚散离合，都作为行走的勇气，也是再一次无畏的衍生。

收拢黎明赋予的颂词，锻造生命的奇迹，然后褪去俗世的辎重，化作轻柔的羽翼，化作漫天的白絮，化作一缕剪不断的血肉相连。

追赶一阵风、追赶前世的轻歌曼舞、追赶一场属于自己的奔赴。

　　如果熬尽所有的物事，承担一阵决绝和悲伤，俘获唯一的出路，那就踮起脚尖。

　　目光所至，皆是你的温柔。

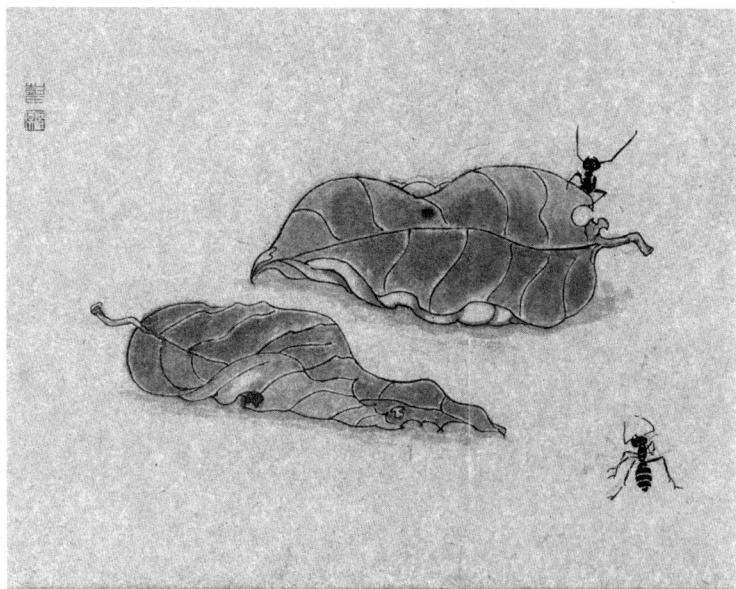

执灯而立

／／／／／／／／

一

一颗莲子，坠入凡尘。

水草丛生，淤泥沉积，阳光被关在水波之外。

每一次风浪，每一次暗藏的汹涌，每一次卷起的旋涡，足可以成为劫难的泥冢，让它深陷污淖。

闭上双眼，披上黝黑的铠甲，把清香之气揽之于心。

封尘阳光、封尘雨露、封尘所有的记忆。

不是让疼痛归隐，也不是放弃对生命的叩问，而是安于万水之下，品透这万物的荒凉和孤独。

等那一滴水，托于碧水之上，苏醒在《本草纲目》里，用永恒的神圣，点亮不灭的烟火。

二

阳光如鸟喙，啄破这赤子之水，唤醒沉睡的元气之母，以性寒之身，蓄其甘，盈其心，倾听蓝天之外的诵经之声。

那一抹苍茫的水啊！那淤积恶灵的污浊之泥，都是朝圣的必经之路。

把身体跪拜成一节虔诚，在困境中生根，发芽。

用纯粹的白浸透五脏六腑，在人世悲喜中穿肠而过。

用大地的安宁和吉祥豢养无限的清凉，在如火般的高汤中沸腾。

用因缘和合结成跋涉之路，在泥淖中重塑洁白的骨头。

用七窍开智之心，开启生命的密码，集霜天白水，安放肉身。至今，还在皋山欢愉地流淌。

折一节莲藕，断了骨头都会连着一根筋。

三

一口塘，种上苍穹的孤寂，种上飞鸟的一声脆鸣，种上水天一色的碧澄，于是，这超然、清净之门一一打开。

风一起，翻飞的莲叶足够卷起这尘世的伤口。

然后摇曳在郑谷的诗词里，荡漾在《江南》的碧波里，悠扬在刹海的赞歌里……

接天之灵气，连地之素面，俯仰之处，见山，见水，见性。

自备袈裟，掬一捧清香，用叶脉绣出一片福田，织成牢固的宝域，普度众生。

逆水而上，让一滴露，或一滴雨，携带尘埃，滚落成一颗晶莹的珍珠，照见前世今生。

四

蓝天浆洗的苦水，濯洗全身。

每一颗莲子，就是一只眼睛。

剥离众生，以莲之心，花之气，附之于骨，用万片的欢喜看世间冷暖，如头顶瓦罐的僧人。

在十月，尽可以高筑莲台，听风诵经，看雨吟唱，用赤子之心悲天悯人。

水中央，随烟波吐故纳新，寻找天空下遗落的一束光。

一粒莲子一枝莲。

云梦泽里，这静静的丰饶，如诸神齐聚。

五

七月，从池塘中走来，从满眼的绿中走来，从《爱莲说》中走来，如一名苦行僧，度天、度地，也度人。

用粉，用白，用浅绿……用它所有的圣洁和无限的清凉，打开，再打开，直到袒露心迹。

整个荷塘就安上无数的小火炬，把夏季点燃，把所有的幽香点燃。

在三尺之上端坐，双手合十。

用一池的碧水，浸透饱满的腰身；用无限的爱意，描出灵动的眉眼；用内心的孤寂，沉淀这尘世的纷繁嘈杂。

烈日下，翻晒片片花瓣，完成一次次检阅。

悠然地滴落河面，如轻舟，随风漾动，把清香带去远方，完成对这盛夏的包抄，也完成对整个雨季做最后的抒情。

冲破暗夜的孤独，把污浊之气踩于脚下，傲视天地之间。

执灯而立，用千年的执念守护内心的一处澄澈。

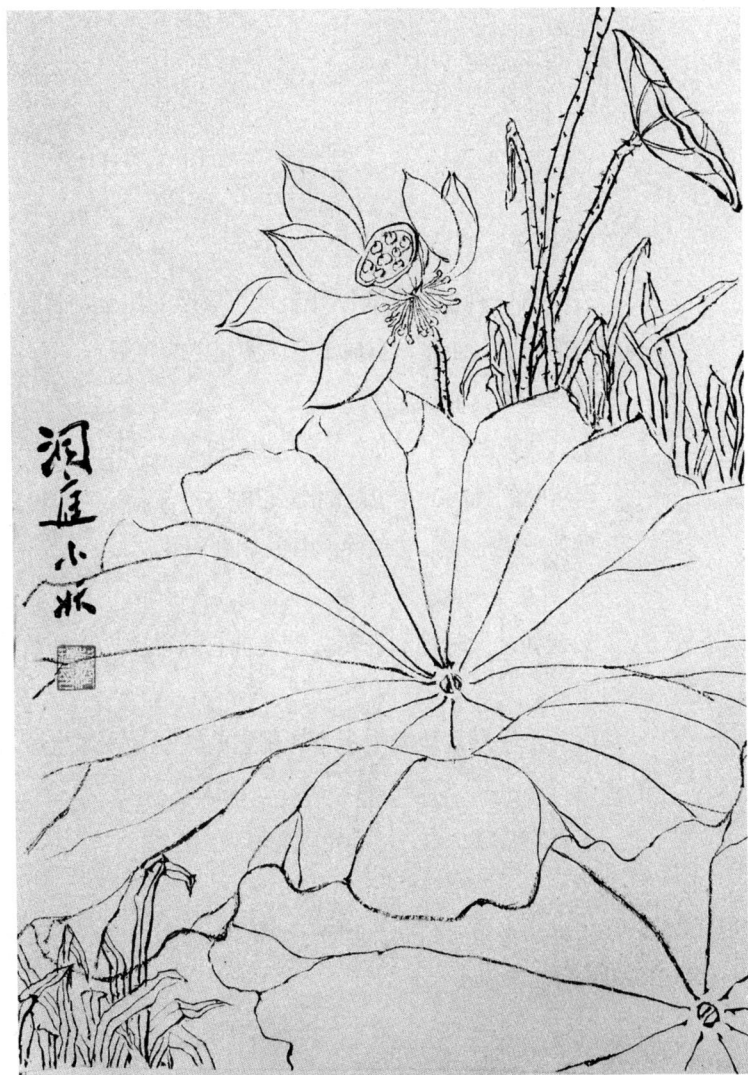

洞庭小姝

锄头

一块铁以种子的形式刨开土地，板结的泥土，想封住所有的出路。于是，它成了劳动者肩上的力量。

收割野草，堆积死亡。

那些成熟的种子，亦如它般三缄其口。

再难啃的骨头，它也能翻出火花。

拯救一块土地，就会孕育出生命的家园。

父亲翻过天时地利，转头就会把它插进屋檐下，数满目星辰。

每一个季候，从墙上走下，用它的斑驳，解读生命的源头。

生锈的豁口，用一片砂轮就能修剪出过往。

如果这也算是轮回，那么，那些锤击的声响，会再一次接受铁匠铺的垂青。

然后，在亘古的大地上，耕种五千年文明。

镰刀

在白云和大地之间，流动着自由和丰收的气息。

当田野的稻子垂下高傲的头颅，农人开始从砖缝里取出一把生锈的镰刀，收割属于这个季节的欢歌。

父亲每一次握住它，就如同一个执刀的侠客。

笨拙的身体开始复苏。

所有的庄稼，开始一一臣服。

轻薄锋利的刀片，穿行在庄稼之间，游刃有余。

它用尖利的牙齿，咀嚼收获的喜悦。

不用打磨，每一次切割，都是一次淬炼。

它在"刀耕火种"中为自己占得一席之地。

如今，它退回到一页农耕时代的记忆里，任由我们挥舞。

车前草

任何一株草，都不用谈它的出身。

每一场盛大季候，它都会严阵以待。

三月播种，七月开花结果。

简短的青春，简单的历程，隐没它的生存密码。

"天助我也，好一个车前草。"

战马嘶鸣，车前当道。不用挎一只药箱，从一棵野草里，就找到了医治的良方。

从此，你的名字里就有了药味。

再贫瘠的土地，也生长民间的良医。

母亲大病初愈，她把唯一的禅机交付一杯药草。

一叶一菩提，斑驳的叶子，早已盘坐。

没有花语，却能涅槃重生。

吸足阳光雨露，在身体里熬制一剂初心。

第四辑

云梦方舟

我们栖息在云梦古泽，每一个古老的地域名字都鲜活地记录它曾经的历史。

云梦方舟

在水中成长的城市，它不敢用纸墨记载，只好用滩外裸露的一块远古的陶片来求证它的年轮。沉埋千年的足音，开始散发亘古的光泽。

一朵橘花在喉管里肆意绽放，幽香便摇曳在洞庭之南的波纹里。一方宝塔固执地站在时光深处，几百年的湖水穿不透的石隙，一声汽笛穿肠而过。

你是云梦泽里一叶方舟，你怕迷失，于是抛一根缆绳，将自己交给了一方子民。

深藏的湘楚文化，被一湖碧水淬炼。我开始咀嚼，从"药山"，到"安乐"，到"乔江"，只有"沅江"，让我咀嚼了千遍，也回味了千遍。

多少楼台亭阁，每一片瓦、每一串檐铃，都在叙述一个久远的故事；多少风流人物，把自己的血肉和灵魂交给了这片生养的热土，从此，这片土地也有了自己的传奇。

塞袍嘴、子母城、摺刀口、万子湖……

每一个地名都藏着一段惊心动魄的往事，当你走近它们，甚至还能听到战鼓刀戟之声。

那些生锈的箭镞，在躯体里书写着成王败寇的故事。最后，被说书人拍进一方惊堂木中。

一敲一击，就是千年。

远古的战场，早已偃旗息鼓。

伟人望湖思索的凝眸也成为历史。

如今，我们还在品读洞庭人治水鏖战的无畏。

谁可以为证？

洞庭阁不语，安澜阁也不语，一抬眼就写满了八百里水面。

水城。以水为生，生而为水。

每一个水乡人都是一尾畅游的鱼，即使披甲带骨，也从未缺氧。

方舟里的子民，不用查阅典籍，也不用追根溯源，走过五湖，走过老街，枕一声汽笛就可以进入梦乡。

老街老了

穿行在昭烈古城，那条石板路早已被时光砸碎。我用坑坑洼洼的目光抚摸那些斑驳的木楼，那些榫卯缝合在老匠人的斧声里，如今仍然挺直腰杆，在余晖中打出清晰的轮廓。

一只燕雀落在檐角，捡拾羽毛，拂着我颤动的睫毛，指引我探寻某处或某些人。

豆腐。糕饼。咿咿呀呀的唱腔穿过残存的古街，逶迤而来。

铁匠铺硬邦邦的敲击声，还在铸造一段金质的时光。

弹棉匠的木槌还在拨弄着它独弦的乐器，所有的日子就被弹得蓬松而温暖。

逼仄的楼梯，公共厕所，四点就醒的市场，如羽翼般合拢，孤寂得无法读出当初的影子，还有它的空旷。

街头的魁星楼，楼在而魁星隐匿人间，只剩下门外三两根香火，还在叙述着魁星点斗的故事。琼湖书院侧耳细听，于是，琅琅的书声摇头晃脑地越空而来。

如今，褪色的楼阁，淹没在城市的喧嚣里，只有檐角的风铃,还在参悟世事沧桑,等轻缓的脚步,载一句诗,轻轻吟唱,读出我的迷茫。

曾经的渡口和来往的汽笛声,早已掩埋在黑土里。唯有在夜空,那一条河依然流淌。

老街老了。

残缺的门窗亦如老街修锁老人的门牙,再也无法开启过往。

那些叫卖声也变得嘈杂,再也无法清晰地辨识。

不用拐弯抹角,只想在街头煮一壶老茶,举起杯子,就一辈子都放不下来。

下塞湖

当春风奔跑在这片草域的时候，我也随着一条河，追逐一条鱼的旋涡，卷成无可替代的沉默。

一座高塔的视线，穿过下塞湖。我明明看见，所有奔流不息的河折在一根芦苇中。

一只鸟，捡拾起古老的歌谣，搭建属于自己的城堡。

我的诗句，在掏开巢穴的那一刻，早已展翅而翔。那一声脆鸣，是这个季节唯一的留白。

属于这片土地的烟尘，早已锈迹斑斑。那些苍茫和悠远总是丰润着被剪辑的故事。

芦芽短、野芹香、芦蒿肥，以及每一株赋予呼吸的草籽，在季节的征伐里，自然天成。

不请自来的人，在这逼眼的绿中，显得多余。

芦荻拂袖轻弹，梵音浸没时光，洗涤每一份自负和贪婪。

那些断壁残垣归于沉寂，与一段河流和解，融入这涌动的草香。

捡起一块被遗弃的鹅卵石，刻上一匹白马。

从此，那些自由的律动，驮着蹄音，一浪高过一浪。

云梦泽

在洞庭之南，碧波粼粼。

没有高山，没有峻岭，唯有一条永不停歇的河流，洗刷堤岸、洗刷腿上的淤泥，还有一些琐碎的日子。

我从小就偏爱这湖水，在蛙声里，一次次奔跑；在稻香里，一次次独自咀嚼；在母亲每天吟诵的经文里，一字一句洗浴满目的尘埃。

我也爱这新鲜的湖水，以及它滋养的每一根稻草和鸦雀。

这偌大的湖泽啊！就是母亲的子宫，每一次阵痛，都是密密匝匝的幸福。

响水坎

当秋风吹过的时候，一棵老杨树瘦了，一条河也瘦了。

一条条肋骨，在失水后突兀地横亘在眼前，尖叫着，仿佛随时都会破皮露骨。

再瘦的水，脚底也会奔流。

用生命里唯一的坚韧，打磨淤泥和沉沙，打磨沟坎和山石，打磨时光和响水的声音……

这根喉管，暗哑了一个季节，如今，不再收起锋芒，如血脉奔突。

走近这道坎，就听到响水的声音。

听到水声，你就听到了那道坎。

"没有过不去的坎"，父亲的话总是像一泓瘦水，牵着我迈过一坎又一坎。

坎多了，落差就大了。

落差大，回响也大。

每一次奔流的落差里，就有一次生命的回响。

跌落不是毁灭，而是一次置之死地而后生的跃进。

那是拼尽一切的呐喊，是赋予强者向前的勇气，也是奋进者的不懈之歌。

当生命在此回旋，铺陈在岩骨之上的，除了浪花，还有一岁一枯荣。

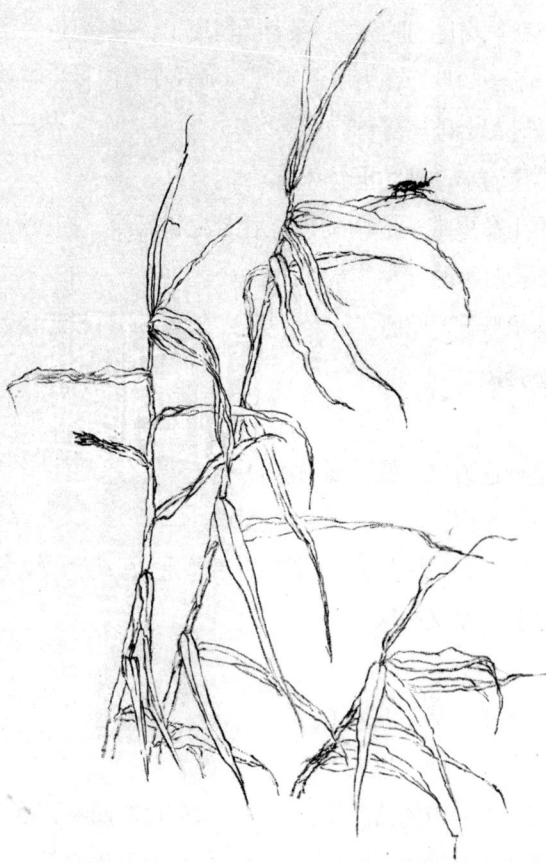

从琼湖出发，十年飘笠，一双芒鞋踏遍高原草场，不是爱上这辽阔的欢愉，不是填满这酒肉的肚肠。

菩提下的忧伤，谁人能懂？

在景星，以山寺之名、以你亲植的树来见证，你福佑的丰饶。

喧闹的枝丫，鸦雀轻啄晨晖，啜饮清露。

荷池不在，水榭不在，禅房也不在，你也退回到一颗莲子，种在碧波之上，山石之中。

只剩汉白玉的墓碑，站立成你清瘦卑微的样子。

碑很小，小到只够写下你的法号；

碑很矮，矮到世俗之人需要仰视生命中的良善；

碑很轻，轻到每一个拜谒的人必须沉默不语。

你的栖所筑于红尘，却把灵魂交付寂静的天宇。用无字的双桨，划动法海波澜，普度众生。

暮鼓晨钟，惊醒半湖寂寞。

在墓碑前，我不是仗剑独行的少年，也不是经纶满腹的骚人词客，而是需要救赎的一颗尘埃。

当金质的光斑打在墓碑上，打在身上，我就像披着袈裟的小妖，盘于蒲团之上。

车便湖

车便湖很小，仿佛是洞庭湖滴落的一颗泪珠；车便湖很大，仿佛能装下所有的天空和物事。

小天鹅的倒影，隐匿水草中的鱼，还有来往不息的汽笛声。

湖水慷慨，毫不吝啬地种下碧色和肥美。于是，人们顺着流水的方向聚集，又如鱼般栖息。

水漫皆湖。

曾经那道矮围，是它永远迈不过的坎，在它延伸的地方，以一尾鱼的名义，拆掉所有的禁锢，让湖水自由流淌。

水落的时候，金黄的沙洲，阳光铺张季节里该有的颜色。亦如潜水的蛟龙，驼行安逸和寂静，让诗意和远方在此扎根。

那些湿漉漉的墓碑，泥渍开始干枯，一声鱼跃就可以让它剥离。

让你怀疑，这所有的物事，只是刚刚经历一场远行。

每一场汛期，都复活成一条鱼。

不用考究那些碑文，因为这一汪湖水早已浸透过往。

湖水归槽，用"马尔代夫"撑起这片湖洲的风光，那些浅水是暖床，也成了围猎者的猎场。

我目睹沉鱼，目睹落雁，也目睹了鱼的遗骸。

老屋

每一座老屋，都是失血的子宫。

老屋里的人越来越多，老屋显得越来越小。于是，父母从外面运来几车泥，在老屋前搭建一座窑。

父亲在窑口守了三天三夜，终于把黄泥守成了红砖。

当那些砖一层层从窑里剥离，只剩下最后一块砖的时候，老屋不见了。

在老宅基地上，搭建起了另外一个子宫。

里面营养丰富，血脉相连，足够我们日夜享用。

每一个孩子远走高飞，都是一次阵痛。

如今，红砖褪色了，瓦片上长满绿苔。

老屋老了。

那垒就一砖一瓦的人去了哪儿?

他靠在一垛墙下，老了。

小妖 于癸卯年丁巳月

小河（嘴）咀

一张嘴就喊破了洞庭湖。

河水开始绵绵不绝。最后，与落日一同宿下，孕育湖光星辰。

携蠡山，被一座桥抛锚，锁住来去；听水声，照见湖洲汽笛漏下的旋涡。

一艘船靠岸，如鱼鹰般收束翅膀，即使半截鱼尾还在嘴里挣扎。

与它一同靠岸的，还有我那憨厚老实的舅舅，只要一声吆喝，就会倒出卡在喉咙里所有的鱼虾。

舅舅用一句"小河嘴是钱垛子"娶回了舅娘，舅娘却用一生的劳苦在验证。

他唯一的谎言，埋葬数年后，才慢慢实现。

如今，每一次祭祀，我都要磨破嘴去解释——

舅舅安睡的地方是"钱垛子"！

石矶湖

一片湖，没有一块突出的石头，为自己命名。

深水下，淹没的锚，把一弯新月牢牢锁住。于是，洞庭湖无风三尺浪也矮了半分。

从此，来往的舟楫，也把锚抛在这里，把自己荡漾成一枚弯月。

这一年又一年的声浪，连同生活的琐屑、垃圾，一一填埋。至今都不敢承认，高筑长堤，只为豢养碧浪和银鳞，还有稻田和桑麻。

最后，连带他们自己，也被栽种。

至今，都无法从那一片泥土里脱身。

子母城

以土为城，插竹为寨，一城一寨，互为呼应。

大圣天王二十万义军的呐喊，八百里碧波涌动的旌旗，让大宋王朝的金殿摇摇欲坠。

如今，聚义厅的英雄已埋入历史的荒冢，演武场的刀戟声还在史料里沸腾，跑马坪的十三棵大栗树上流动的脉管，让一颗靶心至今都活着。

子母城，唯有生生不息的子民，耕种它的孤独和荒凉。

至今，洞庭的风浪再高也掀不动湖洲那一片干净的光。

古城早已变为草木，只剩下二十米泥泞给我去丈量它的来去。

自此，我不用透过光亮去垒砌一座城，也不用翻开历史的谜团查找真相，沉寂百年的热血，献给了交错沟渠，献给了斑驳的石桥，献给了村口的一缕炊烟。

铿锵的回响，在苦艾一样的脉管里回旋。

从此，几百年的贫富，终于在父亲的烟锅里匀得清清楚楚。

洞庭垸

一只麻雀安排我穿过田野，曙光开始铺展秧苗。深陷泥淖的双腿，被蒸发得仅剩肥沃。

弯折身躯，交出所有的敬畏。
在那里，我看见了源头。
一股祭祀的烟火正在缝补坟头的伤口。

季节的戒令，在一丛枯枝中舍弃。老水牛隐忍如苦行僧，父亲扬鞭的脆响，找不到黑与白的边界。
逆光的稻芒，找准时机扎进母亲的胸口，田野又一次开始阵痛。
湖垸，成为我胞衣所埋之地。

蓄洪垸

　　乌云盘踞头顶，凋敝的稻香浸没了汗水和泪光。

　　我并不认为你是神赐的地方，即使土地庙香火不息。

　　每一次洪汛，就是一次痛苦的放逐。一张门板无法抵住涌动的激流，一粒稻子无法扼住旋涡的咽喉。

　　失去庇佑的子民，用负重的双臂开始迁徙，带上老牛、带上白米、带上满目的稻芒。

　　退水的那天，土地爷被母亲用金水涂抹得油光放亮。

　　父亲用结茧的双手，笨拙地揉向沉沙和淤泥，却垒不起一板土墙和席卷的荒凉。

　　水泽不灭的时光，用潮湿的土壤，一次又一次地将我的骨灰埋葬。

十里桃花

这片土地，被世代的犁铧翻过一遍又一遍，却怎么也翻不过那条瘦小的田埂。

复制的稻香，喂养这一方的子民。

一粒谷子承载太多，于是，修垄开沟，豢养曲干虬枝。

一片花瓣就足够撑起一个村的春天。

每一朵都是隐藏的惊雷，每一片都是涂抹的粉颊。一声巧笑，就炸满了枝头；一碗桃胶羹，就溢满村姑的酒窝。

作为乡村舞台的主角，托举起整个春天的芭蕾。

蜜蜂来了，蜇痛了春天。蝴蝶来了，挥霍十里的花香。

沉醉过后，甜了夏阳，脆了秋霜，暖了这片土地的眠床。

远来的都是客，每一株桃树都可与你话家常。

千亩荷塘

突围的湖水，洗刷它奔跑的方向。总有一支血管，会抄近路，最先抵达。而你，仰望群山，歇下远足的行囊，不想走了。

这十里的水哦，不惜成为山里人家十里的塘。

沉积的泥沙，为你等待奇迹。蓄势待发的水面，为你创造了蠡山的奇迹。

你开始生儿育女，豢养蓝天白云，豢养鱼游鸟鸣，还不够，再种下这十里的荷。

这摇曳的绿啊，总是把人们的欢喜栽种。

如果每一片荷叶就是一片福田，这千亩的荷塘，就是乡村铺就的人间烟火。

每一朵荷，都是向上的火炬，照亮了乡村的振兴之路。

每一个来这里的人，都自愿掏出所有的情感，来抵押这人间理想。

曾经孤寂的塘，用天空之镜，来反射希望之光，成为这片土地上最美的酒窝。

日出明朗山

朝阳，总是尊贵如帝皇，还没露面，霞光早已在前头恭敬地一路铺展。

我想探听这远古的战场，是否有战鼓雷动，旌旗飘扬？

踏上条石，从它凿刻的纹路里，总想找寻一艘战船，一柄生锈的刀戟，或是混浊的呐喊⋯⋯

甚至想从一只白鹭的羽翼间，还原那一段悲壮的历史，让沉寂的贝壳、湖心岛的墓碑，还有洞庭的热血，再一次如辣蓼草般盛开。

视线翻越河汉，那些围子早已布下宿命，英雄的悲壮，在历史的尘埃里握手言和，不知他们是否惺惺相惜过？

染红的云层，如翻滚的烈焰，一瞬间点燃。这一份喧哗，只为抵达一份难得的安静，亦如此时的我，默念一份美好时光，眼睛却有看不到的荒凉。

我爱上了这份静美，风载着它，如生命的繁衍和抵达。

我从湖面，读到了天堂的影子。

不用任何言语，只等日出东方。

红杉林

在这里，一切都是安静的。安静的湖面，安静的杉树林，安静的群山……

只有素草在喧闹着相互挤对，狗尾草踮起脚尖，青苔在脚印达不到的地方尽情蔓延，只为，在这个盘根错节的秋天找到休憩的小屋。

遥望红杉林，如火炬般直插云霄。我甚至怀疑，每一轮暖阳，都是它点燃的火种。

因为超凡，它不顾一切向阳向上；因为脱俗，它不会贪恋摇曳之姿。

每一棵干净利落，不蔓不枝，独自繁华。

每一棵都在展示它的孤独。

等秋来，那些拼尽一切都要染红的叶子，弱不禁风地坠落。

当裸露的根须，以朝圣的姿势匍匐时，每一片叶子不再是局外人。

每当我走过，都能踩到它微微的痛。

阳光穿过树林，砍伐它的影子，我仿佛看到它沉静里蕴藏的灵光。

　　即使我准备好所有的酒樽，也未必能喝到这林间酿制的鸟鸣。

玉竹包遗址

那片土地，曾经盛产石器、陶片和玉石。如今，荒芜得只剩下一片傲慢的羽毛，成为大地唯一的倾诉者，在玉竹林中练习发声。

壕沟环绕的遗址，依然清晰可见。

唯有那条古河道，早已无法考证它絮叨的行踪。

一段挖掘时光，混合泥土的气息，在残叶中开始欢呼，亦如我捡拾起一颗石子的惊喜。

阳光越过侏儒的冬，继续为那片羽毛保持清醒，不让它因此而熟睡。

冬眠的蛙语，漠视走兽的气味和灌木虔诚的腰肢，被一段久远的历史激活。

那块琢玉是远古遗落的羽翼，饱蘸深埋地下的梦话，成为最后一个拥抱大地的旅者，书写这片土地刻下的年轮。

手里的石块，早已敲不出树液里流淌的火。

只有那些戳印纹残留在一块陶片上，书写着大溪文化迁徙的脚步。

玉竹寺的木鱼和钟鼓已敲响。

你的天空。我的河流。在荆棘中想拦住一道霞光。

蓬勃的心脏，随一片遗落的羽毛，飞行在自己的静谧里，一点一点开始复活。

我对着一块匍匐的石头呐喊，它却固执得不肯回过头来，重新接受膜拜。

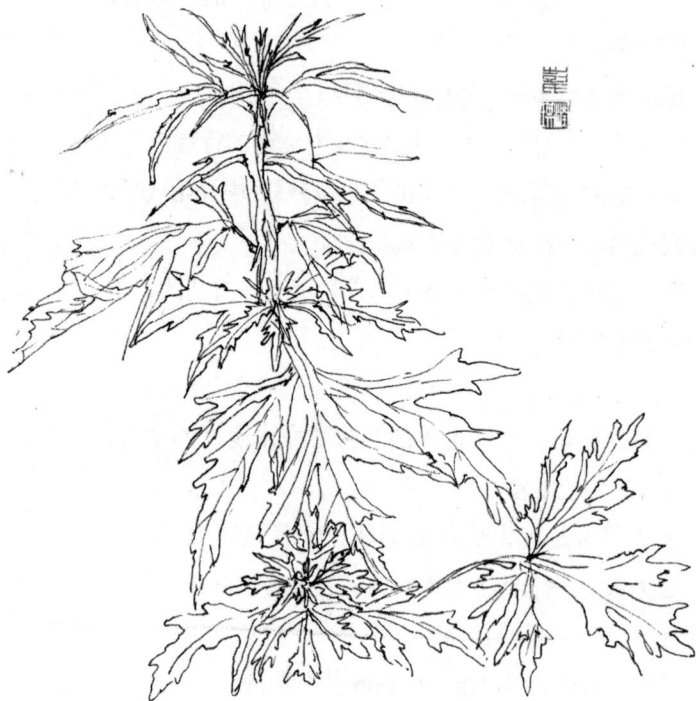

莲花坳渔村

一条长长的水路，从西往东，是一条渔船的归途，也是一个渔村的出路。

莲花坳没有莲花，它有的是遍地的芦苇和晾晒的鱼干。

渔船如莲般聚拢，扯起黄昏扬起的绸被，然后头枕洲滩，听涛声拍打船舷。

清晨，大大小小的船只，又如莲瓣般一一散开，飘荡各处。与它一同游走的还有列队船舷之上的鱼鹰。

水色山光给这片风水宝地以传奇，古老的故事轻盈地落在茂密的青草上，落在窄窄的船屋上，落在一张补了又补的旧网上。

以如诗如画的铺陈，毫不吝啬所有的赞美之词，馈赠给每一个到过这里的人。

这一切，在渔民眼里，只是生活。

而我们的不请自来，慢慢成了他们生活的一部分，慢慢成了莲花坳一次湖水激荡的喧嚣。

我总想用一段荡气回肠的历史来交换一条捕获的

鱼，用所有的战栗来交换无边的回荡，用纯粹的语言来交换一次深呼吸。

可是，在一艘木船里，我失去了所有的措辞。

如今，渔村早已退回沉寂，芦苇开始挥动旌旗，一点点占领这个山坳。

那些失去湖水的渔民，如鱼鹰般整理着自己羽毛，然后在浮云和洲岛之间——穿越。

洞庭神树

一棵乌桕，危立于洞庭孤岛之上，湖水不停地冲刷它脚下的泥土，天风鼓动它的枝干。几百年过去了，在洞庭之南，站成一座地标。

它固守着狭小的底盘，浮于碧波之上，每一次风起，都是它虔诚的祈祷。

这里离水最近，离天更近。

在苍茫的云水之间，用一棵树的高度守望着八百里水面，用恒久的悲悯守望着一方平安。

如果它的枝丫能支撑所有属于水的鸟鸣，那无风也起三尺的浪，是它铿锵有力的足音。

湖底一年一年沉落，如接受某种召唤。

它一点点爬升生命的高度，看滔天的洪水席卷而去，看洞庭龙王庙香火正旺。

当那片水域宁静得只剩下摇撸声，庙门早已淹没在时光深处，青砖青瓦散落在悠远的渔火里。

它依然把自己站成一座航标，在湖中摇曳。

把每一份顺风顺水付与风帆和水路，指引鱼群迁徙游走。

不问去路，也不问归期。

摷刀口

　　一把刀，一摷，就摷出洞庭湖一条巨大的伤口，以致几百年的胸腔，至今都无法平复。

　　天然的湖洲岛屿，像隐入红尘的客栈，每一次抵达，干裂的印迹都被放逐于水波之外。

　　伐木为舟，垒土成寨，就有了聚义厅，就有了一群以水为家的人。

　　剥下鳞片，浇筑八百里的水路，如奔腾之血，环绕浩荡的勇和义。

　　一俯身，一方的水土就背负其上。

　　那一艘艘战船，早已搁浅在一处看不见的轮回里。

　　历史很脆弱，仿佛一支鱼叉就可以改写。

　　来去自由的水巷，却成了一个英雄的末路。

　　历史又成了沉思的老者，随那把刀泅水而上。

　　水流沉重，以致倾覆的王朝掀起的巨浪，都无法打捞它的名字。

　　如今，芦苇长了一茬又一茬。

渔民以桨击水，一首首渔歌吹响出湖的号角。

湖水从不叹息——

涌动的总是在碧波之下，苍茫的永远在时光之上。

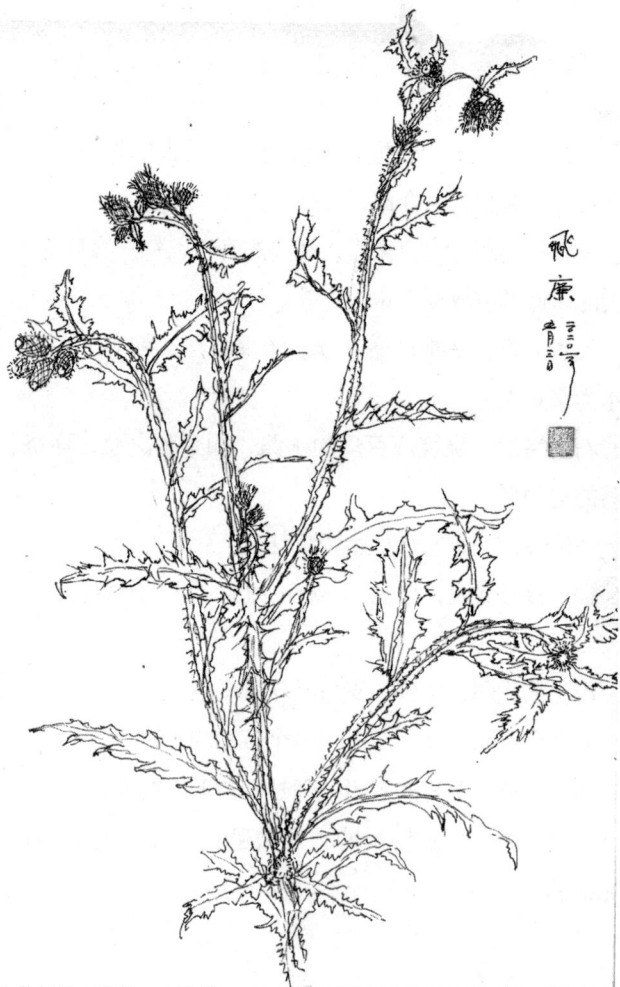

云风寺

盘龙踞虎的群山，龙虎已不在，只剩下古寺的钟声在宁静中穿行，敲打历史的苍茫。

云风寺也无风云，早已蔓延成回望的湖，泛着冷寂的时光。

每一缕梵音，都在记录一页前尘。每一道经幡，都在飘动一段往事。

一字一句，都暗藏玄机。

庙门抖落灰烬，在晨钟暮鼓里，看人潮退去，看香火旺盛。

风依旧。云依旧。一句鸟鸣，就洞察一切来去。

此时，赤色的山，已成为你坐禅的蒲团。

一抬眼，越千年。

赤山黏土

沉陷和挤压，剥蚀成湖中孤岛，将洞庭湖隔成两片湖面，如扇动的羽翅。

赤色的丘陵，生长黏土，与我们有着共同的血缘。

世代的山民，用绿植养护它的肌肤，又用它重塑家园。

柔可绕指的泥土，塑性成形，经过煅烧，软泥开始长出骨头，坚硬得可以喊出一句"宁为玉碎不为瓦全"。

溶于水又抗于水，从它开始被挖出的那一天，就注定了不平凡。

抓起一把泥团，把人类的古代文明焙烧成砖、成瓦、成陶、成瓷……

于是，这片土地就有了骨子里的硬气。

即使深埋数年，还能挖掘出它遇水则柔，遇火则刚的勇气和力量。

香炉山

一座岛隐匿于河湖深处，一座山潜藏于岛屿之中。

逃离朝堂社稷，心中只剩一湖静水，一缕清风。

那些无法承载的风雨，随盔甲一同卸下。

把所有的热情交付这片山水，从此，结网捕鱼，编苇为席，行走于贾市……

隐姓只为埋名，潜遁也是最好的践行。

历史最终记住了他的名字。

如今，人去楼空，只留下一鼎香炉。

那些参天古树，成了生生不息的香火，日夜祈祷。

世俗的尘埃，到此都会落定。

不用念经、打坐，所有的狂放不羁，此刻，都如此安静。

不用找寻当年庐舍下供奉的香案，高山仰止间，早已有了千年的膜拜。

绕过长廊，接受湖光的指引，就完成了一次平凡的掠影。

洞庭湖洲垸文化博物馆

一条河穿过熟悉的城，找不到水路，只能退到时光之外。

岸边长满荒草，总想打探一点过往，每一粒草籽，都藏着真相。

如服帖的寒蝉，噤声在时间的尽头。

疯长的爬山虎，是残缺砖瓦上斑驳的音符。

机器的残骸，是废弃厂房里锈蚀的音符。

高高的烟囱，依然倔强地站立，它是农垦人最后的坚持。熏黑的烟口，如今，再也等不出滚滚而出的浓烟。

老宿舍、老食堂、大桁架、老厂房……成为了历史的"化石"，总能唤起回忆，唤起乡愁。

洲垸的故事都浓缩在一个物件里，走近它，就打开了洞庭人一部农耕史，也翻开了洞庭湖的一部渔猎史。

那些厚积的灰尘，盖不住它的呼吸。

不用贴上任何标签，我都能立刻说出它的名字。

如果擦拭疼痛可以忘了伤，但绝不可能忘了疤。

那些喋喋不休的语言早已显得多余。

因为，这一刻，所有的物件保持了同样的沉默。

百家沟

山沟虽浅，却汇聚了资、沅、澧三水。

长长的水路，行走着南来北往的商船、渔船，还有排筏，让他们把故乡走成了异乡。

山沟虽短，却流淌成了一条以蒿竹命名的河 [1]。

激流和远滩，让他们把异乡走成了故乡。

赤色的山峰，成了洞庭湖最大的屏障；赤山的河沟，成了远航者的避风港。

走进它，就走进了滨水绿地，也走进了流水的家园。

寻梦的异乡人，把所有的月光栽种。如漂泊太久的河流，终于找到了歇脚的理由。

从此，河沟两岸就有了百家的姓氏。

至今，姚氏的后人，依然会站在庵子岭，怀念一方故土。

斗转星移，狮子坳的狮子不再追逐，但秦氏先人口

---

[1] 蒿竹河，湖南益阳沅江市的一条河。

中的风水宝地，已是茂林修竹。

每一场风起，朗公的字再一次鲜活了百家沟的神话或传说。

屯兵于此的关云长，早已携髯而去，只有关公巷的嘚嘚马蹄声，还在历史的尽头回响。

名人志士，齐百家之名，用洞庭湖水，灌注饥肠辘辘的历史。

如今，几千年的烟雨，还在轻抚百家沟。

昔日的舟楫繁华，早已蜕变成鸡鸣狗吠。

世代的耕种渔猎，终于把一叶扁舟，系在河沟之中，在寂静中放肆奔涌。

轮船码头

一声悠长的汽笛，从码头划过湖面飞出。

载着喧闹的行程，也载着留白的归期。

陌生的人，都在翻阅相同的时间。如同一场大雨后，挤在一处屋檐下捡拾自己的羽毛。

候船室的空气是浑浊的，但每一个叫卖声非常清脆，我总能剥离出煎饼、麻花、甘蔗的美味。

斑驳的水泥码头，被磕碰出岁月的痕迹。

一根缆绳把所有的躁动系在石墩，又一一放逐在洞庭水路上。

日出日落，沉淀于此，喧嚣于此。如一只风筝，每一根线都拽在手心里。

再大的船，都游不出码头。

码头整日听着水声，想象湖面辽阔。

然后，把自己的眼睛交给一艘艘远航的轮船。

从此，看得见世间浮躁，也听得见人间梵音。

第五辑

田野牧歌

所有与田野有关的日子，
都弥漫着稻香。

父亲的稻田

屋后那一大片稻田，演绎四季的繁华。父亲大字不识几个，却对我说："一个人离开田野，就没有了春夏秋冬。"

父亲没有笔，就用他的锄头，在田野里翻阅因天之时、分地之利。

我的小脚丫，还没走稳，父亲赞许的目光扶着我，摇摇晃晃地走在田埂上，每一处沟坎都记录了我成长的脚步。

一碗凉水，满足了父亲贪婪的吞咽。白瓷茶壶的水浅了，父亲布满皱纹的额头，清爽了；渗出来的水，变咸了。

锄头横亘在田埂上，搁成父亲一支悠然的烟。锄柄成了生命的另一个支点。敞开衣衫，扯起衣角，抹去满身的疲惫，却抹不走背后那一大片田野。

烈日下，父亲把自己佝偻成一尊雕像，剩下那截烟，点燃了这个多情的四季，红的、绿的、黄的、白的……

高柳鸣蝉

双手合十，找一处修禅。一方水塘成了唯一的古刹。

木鱼来不及打磨，等一树的流响。

请将凡胎肉身放逐于一截枯瘦的柳枝，让所有的厄运蜷缩，坠落。

无声无息的尘土，筑成一处庙堂，一声叹息从此安家。

大地终止了欲望的裂谷。矜持的土壤，洞穿暗与明、黑与白。

枝头的日芒，如稻芒般刺眼。

一声"知了"等我躲进去，把肉身和血液交给一句禅语，随太阳和星星一起破裂。

这个响亮的世界，胜过一句蝉鸣。

如果我有足够的能力，肯定会豢养一只。

从此，风也静，夏也安。

金蟬脫殼

癸卯年上秋 小妖

一棵水稻

当夏季风吹过，你的帝国已吹响号角。

水田干涸得只剩下神圣的眠床。疼痛和疲惫，早已忘记远行，找一处开始落脚。

母亲的炊烟，等着最后一棵水稻脱胎换骨，在黄昏的屋顶划出疆界。值守的烟囱，站在暮光的肉体里，指引最后一缕稻香，开始沉睡。

利刃般的时光，用一把镰刀召唤一棵水稻，亦如父亲召唤镰刀，就一声，被随手插进了砖缝里，与一只蜜蜂抢占地盘。

禾莞还在宣誓它的主权，觅食的鸟雀，已被天空忽略。

饮尽村庄所有的醉意

走进村庄，就走进一条生命的脐带。

四季的风奔涌在每一个角落，留下了一树鸟鸣、一缕炊烟。生锈的犁铧，成了祖传的宝物，随塌陷的老屋，开垦一茬又一茬的记忆。

日渐消瘦的村庄，父亲用混浊的目光，打探沉寂下来的日子。

斑驳的门楣，还在坚守最后一丝喧嚣，被父亲用一声低沉的咳嗽，来淘洗佝偻的背影，然后，在一个夏天的午后，又用一串鼾声，伴着悦耳的蝉鸣，饮尽村庄所有的醉意。

时光的栅栏，终于在村口的那棵老树下，不堪一击。老树上牛绳的勒痕还在，父亲每次走过，都会用饥饿的胃馕反刍所有的过往。

苎麻地里，一块石碑淹没于苎麻林中，爷爷的名字站在岁月里沉寂，背脊却依然挺直。

水乡静谧而柔软，它用习习的风声和水梦，治愈我的失眠。如今，我如寄生在城市的拾荒者，走进村庄，就如一个婴儿躺进了母亲的臂弯。

那个熟悉的乳名，终于给我一个停靠的理由。

小妹于癸卯年丁巳月甲戌日

稻穗

　　父亲滴酒不沾，嗅一口泥土的芬芳，就醉了。

　　那间小瓦房，守护一大片水田，里面种满布谷鸟的叫声、熟悉的老水牛、金色的稻穗和高高的草垛……

　　父亲的身影日出日落，穿梭在庄稼地里。他对稻穗的依恋，就如一个老猎手对于猎枪的依恋。

　　母亲匆匆把那把摇了数年的蒲扇，交给了田角的稻草人，于是一大群麻雀，用翅膀扑打着它们的鸣叫，随风——惊飞。

　　农机的轰鸣，把爷爷的身影远远地抛在身后，还有在老杨树下乘凉的老水牛。

　　父亲钉在水田里，弯成一张弓，把我们弹向远方。当我们走出村口，父亲指着压弯了腰的稻子对我说："做人亦如此。"

　　于是，我不得不挽起裤管，把自己活成了一束稻穗。

二亩八

屋后的稻田，被狭窄的田径划出各自的疆界。每一块都没有名字，除了它的面积。于是，面积就成了它的名字。

二亩八。对我来说，已忽略了我对亩的认识。

二亩八是空阔的。鸟雀可以从容地从父亲佝偻的背脊划过弧线，单腿立于田中，然后扑棱着双翅，在水面留下一声脆鸣。

二亩八是宽阔的。它容得下数日的月升日落，也繁殖惊人的水蛭和水螅，还有所有的秧苗。

于是，我总是想越过二亩八，越过父母所有的企盼。

二十八年后的二亩八，还是二亩八，依然用稻苗书写自己的四季繁华和世间冷暖。

或许是父亲用脚不停丈量的缘故，田埂的宽窄都没有改变，唯一改变的是我望它的眼。

我不知道，二亩八是否还认识我？

于是，我不得不在一株稻子中道明原委。

等一场雪

你来得太迟了
从去年腊月我就在等
用八百里洞庭水砌一座陋室
只为
等你来

你喜欢的寂静
早已饥渴难耐了
你喜欢的冷清
也注满每一条街道
每一条小巷
以及每一盏隐约的灯光

你是否可以扶住这摇晃的人间
你是否可以抓住狂舞的病毒
你是否可以敷好这绵延不绝的疼痛和
哀伤
放下这三千银丝

却掩不住你亘古的清颜
和悲悯

如果可以
我宁愿锁在这一湖水里
不让潮水涌动
暗流翻滚

静候 辛丑年冬月 小妖

阳光划过

这个春天来得有点早。可是，我们的门却是紧闭着。隔着墙，隔着玻璃，隔着屏幕，我看到了封锁的阳光。

我想重启所有的日子。虽然，我讨厌过拥挤的街道，但我更不喜欢这一眼望不到的荒凉；我讨厌过朝九晚五的奔忙，但我也不喜欢画地为牢的空洞和无聊。

我坐在旧村老屋檐下，听对面高树上挂满喜鹊的声音，盘算着，这份喜庆离我多远。

母亲对着烧过纸钱的方向默念。那里有先人的坟墓，还有一座土地庙。她一定也在盘算着，用一盒金水换回一年的庇佑。

阳光很软，在窗外划过了屋脊，它滑走的方向就是我曾经遗忘的地方。

而我，依然静静地等着，等着它为我解封！

假如走过

赤红之地，是八百里洞庭暗结的凡胎。这通天的血脉有神赐的安宁，它曾营养不良，供血不足。

如今，随二月的风，悄然飞渡。

不追究，你来自哪里？又将去哪里？但我知道，你驻足的地方，一定春暖花开。

一片乱云，随意铺张。

而你，一意孤行，与一条河达成协议，摒弃前嫌，匍匐成一道行走的丰碑。

一切与春天有关的闯入者，习惯用简单的方式说服自己，一张口就喉头干涩，这史无前例的风暴，席卷了陈年旧事，喑哑的喧嚣在村庄的羽翼上惊恐收拢。

如果走过一座桥，就能走过所有的悲苦，逃过所有的伤痛，我也会倚着一间老屋谈心，述说这生活的凉薄。

与隐忍有关的词语

这片土地之所以被喜爱，不是春天表现的肥沃，也不是夏天展示的繁华，而是它对一切的隐忍。

祖祖辈辈，就像这些农作物春往秋来。

而隐忍，成为传宗接代唯一的信物。

邻居的桃树越界了，直到结出满树的黄桃，母亲郁结在嘴边的话，始终没有说出来。

屋后的水田干涸了，把夏家的田灌得满满的，父亲弯腰取水的脊背，始终没有直起来。

几十年过去了，父母对这些往事如数家珍，却吝啬得把它藏在骨子里，把它藏在眼睛里，把它藏在血肉里，唯一对儿女是如此慷慨。

父母多么希望我能接受这份馈赠，可是它沉重得让我无法开启。

我只想告诉他：这片土地不会因为安静而荒芜，这个世界不会因为他的隐忍而失去喧嚣。

这个春天，注定与隐忍有关。

母亲躲进狭小了的灶口，父亲不敢用发炎的喉咙咳出声音。

病痛者相信病毒的仁慈，旁观者蜷缩在陈词滥调里，默念者忘记了本该有的台词……

他们隐忍着，把唯一的呐喊，留给了那些死去的人。

弓缨丹

二〇二三年九月三日于小阿姐

晒

母亲活着，总是被阳光追赶。

赶在日落之前插下最后一兜禾，赶在雨来之前收割最后一棵稻谷。几十年来，母亲都养成走路小跑的习惯。

当她的皱纹里填满农事和阳光，那些丰饶之水和饱满的庄稼被反复地晾晒。

墙角的农具，她用压弯的脊背一一称量。

不知疲倦的老手，依然被阳光追赶。

我知道，终有一天，她会和阳光握手言和，任由阳光在身边跳跃，把自己晒在阳光之下。

墨溪

小牧于癸卯丁巳月

田埂

　　一条被农机和脚板踩踏的田埂，那些泥泞已经板结，静默在天空下。

　　田野开始孕育各种声音，熟悉得让人能分辨出每一个蓬勃的日子。

　　父亲用锄头在田埂边休整，母亲在田埂边种豌豆。

　　每一粒油菜籽落下来，你一定可以在田埂捡拾起一束油菜花。

　　就像那些汗水，父母总是能用扁担、箩筐担起一个季节的庄稼。

　　如今，我那勤劳的父母，再也无法健步如飞。

　　每一次走在田埂上，姿势虔诚，低头弯腰，仿佛倾听田埂给他们新的谕示——

　　这是一条路，也是永不枯竭的生命之源。

月色是响亮的

一杯银质的汤药，熬煮一年，然后泼向这无边的夜。

每个人都甘愿仰头，喝下，从此愁肠百结，从此思绪奔逃。

没有解药。我痛饮这八月的寂静，像桂花静立枝头，像黄叶静伏大地，像秋蝉喑哑，像斗虫蛰伏。

尝尽人间百草，才知母亲的呼唤，是我唯一的解药。

驼背的母亲蜷缩在蒲团中央，怀抱万顷祝祷，填满每一个月碎的夜空。

老屋开始滴漏星星，是否有一天也会盛起满屋的月光？

如果水在一杯酒中复活，我愿摘下银河，兑换母亲的黑发，光洁的脸庞，还有挺直的腰身。

如果酒能在身体里复活，我愿喝下满缸的桂花酿，醉卧红尘，听月色喧闹。因为——

只有今夜，月色是响亮的。

助力

每一场有关洞庭的物事，都足够臃肿，总想搭一把手，助力向前。

助力冰封的河流，春风不遗余力。每一滴水会奔走相告，那些晶莹剔透的日子，都会被刻成长堤上的一枚闲章。

助力荒芜的土地，农机声奔跑在深翻的土壤里。从此，弯腰驼背的身影被折叠在屋檐下，与一柄铁锄保持同样的姿势。

助力一棵稻谷，收割机用最大的胸怀，包容所有的谷香。曾经磨利的镰齿，如今，老态龙钟地搁置在父辈的记忆中。

助力一个颓废的村庄，领路的人在披荆斩棘中舒展眉头。曾经靠天吃饭的父老乡亲，不用高挽裤脚，足可以交付云泥之间重塑的繁华。

那些被替换的角色，被一一存放在远逝的时光里。

一夜翻篇的，除了那些温凉如水的月华，还有如约而至的人间清欢。

祖传的村庄

当父亲拿起一把长锄，就肩负着为这片土地布棋的重任。那些稻子、黄豆和芝麻……是让他一辈子都无法破局的棋子。

父亲挥鞭的手最先感知到牛肩胛的疼痛。于是，总会用一声脆响来为它疗伤。

母亲弯腰的骨节最先承受一粒稻子的疼痛，于是，她总会用一节炊烟来为它愈合……

金色的阳光如犁般掀翻泥土，银亮的月色嵌入一口河塘，星星翻找祖先埋藏的珍宝——父亲把孩子的养育之恩，交付一场风，或者一场雨。

祖传的村庄，被四季高举。田野里、沟坎边、稻子里，都藏着悲苦和欢喜。

母亲用起茧的十指与每一兜禾苗讲和，父亲用结痂的双肩与一担稻谷讲和，干涸的土壤与一滴雨讲和，暴涨的洪汛与一滴泪讲和。

于是，村庄的黑夜总是被清晨反复地沾湿。

父亲挑剔地打量这片土地，用四时的农具修整，让农事也不得不配合固执的父亲。

　　一棵稗草足以让整个季节惊慌。

草垛

曾经挺直的腰杆,因为承载丰实而不得不弯折,蜷缩,匍匐。如一个受孕的妇人,她含浆的胚胎剥离身体,只剩下骨架支撑岁月已暮的谕示。

那些禾菀,深埋着季节的脚印,也是生命的召唤和呼应。

那亦步亦趋的,除了流年,还有等待被捡拾的枯槁。

于是,你再一次如人般站立,退回到一条足可盈寸的田埂上,逼仄得盘踞在新一轮的白霜里,如父亲无法染黑的头颅。

褪去最后一丝青色,在身体里注入阳光,尽可能接近大地的肤色,尽可能地融入一个必不可少的田野物语。

用残留的最后一粒谷子,豢养战栗中饥饿的一声鸟鸣……

父亲用一把铁叉把它举过头顶,就像举起一个季节的旌旗,在四个田角——筑巢。

那是一个虚构的仓廪,那些种子,早已被囤积,被充实肠胃，还有悯农的诗句。

母亲把它捧在手里，如梳理那些被农事荒芜的秀发，然后垫上四季的眠床，种上雏子的梦魇和喃喃不息的口水。

父亲捻住一截稻草，就像捻住一辈子的依靠，搓揉出岁月的纤绳，绕过一道篱笆，绕过乞巧的瓜架，绕过一棵新栽的幼树，却怎么也绕不过他脚底的泥泞和悲伤。

当母亲把最后一根稻草送进灶口，那一丛烟火，还在寻觅一个草垛的身影，还在寻觅属于自己短暂一生的名字。

春天的第一声惊雷

沉睡太久的鼾声，终于站在春的脊梁上，在漆黑的夜里蒙上一张上古密约的鼓，敲打遗失的疼痛。

没有闪电引路，它照样能穿透这不见五指的年月，把风的骨头、雨的皮囊一并交给虚无的大地。

那些百足之虫，从祖父生锈的镰刀上磨亮锋刃，一节一节地卸下羞愧。

它大可堂而皇之地踱步在那个晴朗的冬季，让每一个风闻者瑟瑟发抖，预言夏雨雪。只是它无法向我的祖父交代，那根鞭打春牛的绳索已经套在脖子上，忘记了自由地呼吸。

这一声惊雷，摸索了几个世纪，从西伯利亚高原，翻过滚滚的黄河；从汉乐府穿越祖屋的房梁；从一个季节逃到另一个季节，它终于找到一只能听懂它呼啸的耳朵。

从此，它不再追究谁先看到闪电，还是惊雷？因为在这样如墨洒的夜，耳朵比眼睛更明亮。亦如祖父深陷的眼窝，总是挤不出半点光阴。

隐隐而来，隐隐而去。

化作一朝一代更替的目光，鼓动一朝一夕更替的时光，然后带动一场风，一场雨，奔逃在寂静的春夜里，等待一轮旭日。

地花鼓

顶一块方巾，摇一把折扇，就能唱和起整个正月的喧闹。踩着一方泥土，就能成为最原始的舞台。

一声喇叭吹起，就会带动整个村庄的脚步，包括奶奶的三寸金莲。

一旦一丑，插科打诨，把湖垸的春撩拨得七荤八素。

一条翻腾的龙，穿过一段久远的时光，吉祥和安宁总会如约而至。

如今，喇叭声早已喑哑，锣鼓声渐渐稀薄，来去自由的灵魂，不用完整地记录，就编写成了一本厚厚的曲谱。

读懂它，需要我一生的光阴。

地花鼓，在一粒谷子里安身立命。

敲打几百年的锣鼓，至今还悬在洞庭人头顶。

一句念白、一句唱词，到现在我都没有听懂，但却读懂了父辈的欣喜和忧伤。就如一个大瓷碗，一碗白米饭，足可以浸润卑微的生命。

看一场地花鼓，你就是在品一场地方文化盛宴，更是品读湖垸人的本色。

　　它是最美的乡音，不管走多远，只要饮一杯，足可以醉倒在他乡。

烈日下的黑土

一

所有的光线丈量着它的疆界，但夏季的版图看上去比它想象中的要辽阔得多，四季的气候被压缩在高空的云层里，然后在某个日子被一一挤兑出来。

土地变幻着它的肤色，整个视线被烈日点燃，然后迅速地蔓延到天际处——一株蓖麻被烈日抽空了体内所有的绿汁，如一个哺乳女人被孩子吸干的乳房，在季风里做无谓的挣扎。

黑土地看晨光在树隙里画出静谧的长线条，褐色的树干，那是烈日下一颗寂寞的灵魂，黑土地最后的底牌!

二

可怜的土地，长风伸开修长的手指，指甲刨进了它涌动的脉管，试图去收获每一粒种子。那道刺目耀眼的光芒，如利剑剥开了黝黑的肌肤。

那些作物，早已垂下高傲的头颅，眯缝着眼睛，不敢与它对视；那些远山，在热浪中翻滚、压缩，凹凸成岁月的笔架，却无法再轻松地书写沧海桑田；老树腋下悬挂的蜂窝，不知被谁捅了一下，阳光就随着羽翅的鼓动扑面而来。

那一片蛙声是否可以唤来一缕稻香？

黑土地不知道。烈日下的黑土地更不知道……

三

老水牛牵引着那轮烈日，一头扎进了黑土地，生根发芽，然后用整个的夏天，在一棵柳树下反刍。

四

蚂蚁在黑土地上拉开了一支长长的队伍，随烈日匆匆赶路，一直延伸到夏风的长须里，连绵不绝地筑起一道城堡，所有的触角点燃烽火，于是，黑土地卷成了堆积云，那是被热浪击溃的地方，烈日不得不卸下荣耀的肩章，由风插上议和的旗杆，在土地上使劲地鼓动，把蛙声、把蝉鸣、把风雨、把彩虹一同织进清凉的梦里，烈日终于消化在黑土地巨大的胃囊里……

在黑土地的另一个角落，造就雷雨的鸡冠花，把所有的种子弹进了云层，在干涸的渠道边腾起了尘灰，如战后弃置的残片。

五

土地被烈日放进了灶口的旧蒸笼，历经烟熏火燎和蒸煮，于是，夏日的盛宴被一一摆放在辽阔的餐桌上，金属餐具散发着奇异的光芒，有如烈日折射的影子，饥饿的肠胃轰隆如远处隐隐的雷声，让人忘记了黑土地又一次痛苦的分娩。

正午的阳光挽弓拉弦，黑土地穿上了厚厚的铠甲，在头顶处拉开了架势，雷声炸响处是拼杀的战场，稻穗把纤细的腰身弓成渔翁，把寂寞、感伤装进带腥的鱼篓。在烈日下，黑土地上埋成历经几个世纪的荒冢，没有墓碑，更没有墓志铭。

六

荒芜的灵魂如地下水奔涌，然后被烈日一点点抽干，栖息的梦无法再沉睡，手足无措地喷涌而出，列队成远古的骑士，在黑土地上飞扬成烈日下的季风。

苎麻地

　　村头唯一的旱土，种上了苎麻，还有三代的祖坟。

　　冻土融化后，它开始疯长。

　　它把所有的阳光织进身体里，把温暖和喜悦告诉村庄，把母亲的白天和黑夜扯在手心。

　　一阵风吹过，翻开白叶，就有了草木的惆怅。

　　扑打叶片，剥皮去骨，赋予它强韧。

　　还不够。麻皮浸水，麻刀去皮，赋予它光泽。再把一段一段的麻丝，捻成纱，织成布，赋予它以洁白。

　　它在《捣练图》里蜕变，在《诗经》中"麻衣如雪"。又在草木枯荣里，驯化千年，绵延千年，也温暖千年。

篱笆墙

／／／／／／

一堵篱笆，划出菜园子的地盘。

缠绕的花朵总会和邻家的鸡，不动声色地越界。

母亲的每一次吆喝声，都是这个季节遗漏的信息——她的篱笆牢过东吴的城墙。

篱笆墙在农耕渔猎里演绎古老的历史，又在陶渊明的诗句里编织悠然自得。

于是，让喧嚣一点点疯长，繁衍着饱满的温情，看四季轮值，喂养炉灶，还有我们年少的味蕾，直到土地疲惫。

那些熟知的青菜，被赋予时令的气息。

多少次，我垂涎邻家的瓜果，总想如藤蔓般攀缘，却被一句家训牢牢拴住。

从此，再高的院墙，也高不过一面篱笆。

碾糍粑

　　母亲隔夜泡好的糯米，还有洗刷好的木甑，已各就各位。

　　父亲劈好的粗柴，还有扛来的石碾，也各就各位。

　　炊烟慢慢升起，在冬日旷阳的天空舒展年轻的腰肢。

　　木甑端坐灶台，高过了母亲的脸。当糯米的清香溢满整个厨房的时候，父亲宽大的脚步踩醒了远方的鱼肚白。

　　一粒糯米，喊出了第一声痛，一甑糯米喊出了一年的痛。

　　于是，只剩下了糯和香。

　　这样的年，这样的糯香还不够，还得用几根木棍，碾出个陈年旧事，也碾出个时事新闻……

怀念一头水牛

一头水牛，成了一亩水田的标配。

当春牛印上红纸，父亲吆牛声盖过了疯长的野草。

一张犁跟在身后，组合成早春里最简单的农事。

河边的柳树，被一根牛绳勒出了道道伤痕，亦如它带血的肩胛。

或静卧树荫底下，把一个季节反刍。

或把所有的暑气，浸泡在沟渠里，成为一条善水的牛。

我们总会把童年的时光，寄放在牛背上，然后踩着牛角，在一首古诗中"遥指杏花村"。

如今，水田在而牛不在，只是那"哞哞"声不知何时起就隐匿人间。

农机的阵阵轰鸣，在水田里宣誓自己的主权。

一头牛不得不退回到一束曙光里。

行走的村庄里，那个牵引牛绳的人，此时，也靠在南墙根，一遍又一遍地反刍，去怀念一头水牛。

摘棉花

从栽下第一株棉苗开始，这片土地上的墒情就被阳光记录。

初夏，一株棉花无须嫁接，就会绽开白的素雅、浅粉的娇羞，还有紫红的鲜艳。

它不像木芙蓉刻意舒展，也不像水芙蓉那样独自清高。它在短促的花期里完成一次华美嬗变。

暴晒一个季节的棉桃，如日渐隆起的孕肚，饱满而充实。

秋阳过滤掉所有的颜色，把唯一的洁白留给了棉桃。

它咧开嘴开始放肆地笑。

棉花地再一次被它笑开了花。

一朵，两朵，无数朵……

那是天上遗落的云朵，找不到回家的路；那是挂在棉枝上的羊群，忘记了回家。

所有的棉开始蓬松，让阳光住进去。两千多年过去，它至今还温暖着我们的农耕文化。

有人说，读懂它，就读懂了半本世界史。

我只知道，它托举的白，托举起人类的丰衣足食。

癸卯年清秋 小妖画

义冢山

一片无主的荒丘，成了远行者最后的归宿。

没有人能证明他的来去。

没有棺木，没有墓碑，一个土堆让他保留人世间唯一的尊严。

这片荒冢从何时开始，除了湖埂知道，坟头的野草知道，没有人知道。

多少年过去，它开始接纳所有夭折的孩子，如母亲一样把他们搂在怀里。

从此，这片荒冢有了香烛、纸钱、招魂幡、鞭炮声……

扣在坟头的碗，也有了人世间最近又最远的痛。

小时候跟着奶奶去祭奠从未谋面的小姑。奶奶哀哭着、数落着，把积压一年的话，交付一堆泥土，还有一地的纸钱。

从此，我再也不愿去那个地方。

后来，坟矮了，奶奶也矮了。奶奶拄着拐杖去时，再也不哭了。

　　终于有一天，这尘世间唯一记着她的人也变成了一堆土。

　　然后，慢慢地被遗忘。

　　遗忘成那片坟茔里隐匿的香火。

橘子熟了

豌豆花开

当田野里最后一粒稻子走进谷仓，秋霜开始了另一种陈述。

每一寸土壤，都被安排得恰如其分。

田埂囤积的肥沃，早已被母亲一眼看穿。

于是，用一柄铁锹插进它的土壤，把一颗豌豆放进农时里。

撒上草灰，撒上农事的符号，撒上萧瑟的秋风，孕育破土而出的力量，等春来。

它不会和梅花比高贵，也不会和柏树比巍峨，只静静蛰伏成农人眼里的希望。

当冻土融化，它早已抢占先机，葱茏在田埂的双肩。

母亲走过，豌豆就开花了。

每一朵花，都是一只翩飞的蝴蝶。

看着并不茂盛的豌豆，母亲说，今年没有打雷。问这是何故？因为豌豆的花开的是黑心，必须打雷才长得好！

我似懂非懂。

农事里总是被老母亲赋予做人的学问。

菜豌豆 二三年三月九号于末山大桥

第六辑

湖泽四季

四季的语言，都交付给一草一木，
还有一切蓬勃的生命。

立春

春，立在云梦泽。

他捡起一条河流，化成无骨的长鞭，熟稔地敲打春牛，让那一声脆响滑过河堤、滑过沟渠、滑过蛰伏一冬的声响。从此，耳朵开始受孕，田野也不再曲高和寡。

他趴伏在冻土中央，如算盘珠被敲打得噼啪作响。

从此，安之若素的肉身，开始羽化。

于是，孤独者忘记了孤独，苦难者忘记苦难，痛哭者忘记痛哭。

所有人学会了从头再来的勇气，如春般站立。

云梦泽里，暖阳摩挲过的每一张脸，都会被善待。每一个水洗的日子，都被精打细算。

我在这一天，记住了他的良善。

惊蛰

大地终于迎来了阵痛。

蛰伏太久的生命，脱离胎盘，自剪脐带，随起伏的群山，练习呼吸。

啼哭，是你入世的第一课。

你庆幸孟婆汤里，还能记起蹦跳的日子，却忘了还有一只饥饿有喙的鸟。

于是，你不得不再一次学会蛰伏。

一座山变换高度，成为你的一根肋骨；一棵树脱胎换骨，成为你世相的皮囊；一株弱草用看得见的脉络，塞进你的五脏六腑。

从此，你适应了从冻土里掀翻的风雨，也适应了从风雨中掏出的隔年惊雷，更适应了从光鲜中环绕的蜂蝶。你用脆弱的腹部，贴近大地，将沉默剥离肉体，开始跳跃，或攀飞。

那些被打上烙印的光阴，被悔恨一一抹平。

醒来吧！这是母亲最后的物语。

于是，所有的蛰伏再一次张开翅膀，按照母亲祈愿的方向——
飞翔。

春分

翻过稻田的春分，扬鞭而起，总是不偏不倚，一半留给阴，一半留给阳；一半留给昼，一半留给夜；一半留给寒，一半留给暑。

粘在门板上的最后一头春牛，被日子洗白，踩不出一眼牛脚印。结痂的饭粒固执地缝合时间，也留不住往年的米香。

犁耙齐聚，掀翻了湖埂。等第一只玄鸟；等第一声雷鸣；等第一道电光。

倒春寒乘虚而入，掘地三尺，喂满冻冰，也喂满春风。

这富可敌国的桃花啊！

不是炫耀这灼灼眉目，只为铺就这一路花香，濯洗赤足的泥泞。

多余的粉黛，就施与你，凡尘里素颜朝天。

龙抬头

季节总是站在素年锦时里自成法则。

面朝黄土的腰身，翻阅数千年的农事，从未折断，一滴水，足以让它匍匐虚无的法杖。

我们借来星夜的光，洗濯不眠；我们偷取母亲的泪，擦拭油灯；我们锤击日子，从此再无爱憎。

以大地的名义，理清风云再起的脉络，寻找一滴水的源头。

敲击犁铧，唤醒耕牛，逆流而上。

母亲用灶口唯一的烟火，点燃土地庙一炷香，让庙门高过所有的疼痛。所有的祷词，删除每一个梦境里的苦厄。

不用揭开大地的根植和腹语，抬头，挺胸。与命运讲和。

二月二，把一年的风调雨顺交给入夜的星宿，让古老的谚语再次充满水渍。

春雷

我们早已习惯了春的温柔，春也习惯了我们的习惯。

仿若习惯了我们不敢轻易显露的体内毒素和恶瘤。

郁积太久，总会找个合适的机会，掏空。

当所有人都以为肉身丰腴、灵魂饱满的时候，它用锤、用鼓、用哨，用尽所能地撼动那些残存的罪愆、欲念和贪婪。

沉睡的人，他们连做梦都是干净的；说梦话的人，闭着眼睛也不再思索算计或遁形。

在每一次雷声炸裂处，被闪电刺穿所有的阴谋。

大地开始涌动，每一颗昏睡的胚胎，从此复苏。

我在雷声收尾中，不再做梦，安然入眠。

四月

四月，因为清明，雨季拉得格外长。

它拿出所有的慷慨，馈赠那些涌动的生命。

田埂饱了、沟渠饱了、蛙鸣也饱了。

一头老水牛贪婪地咀嚼着，饱胀得忘记了厩棚塌陷。

这个四月，我想翻耕每一片云朵，然后撒上希望和岑寂。

一抬头，就可以溢满眼眶，还有这无边的黑夜。

而雷声，总是最先抵达。

谷雨

春越来越饱满，饱满得每一个物件都能掐出水来。

沉睡的谷子，开始想念水田。

终于回到一片蛙声里。

浸泡阳光和温暖。

然后，踏过风、踏过雨、踏过滚滚红尘，回到一盏茶里。

听牡丹花开，随柳絮飘飞。

于是，我和谷子得水而生。

芒种

他们，留给你一粒稻子。

在新翻的水田里，稻子开启古老的传说。它羡慕过一颗钉子刺穿墙壁，它也羡慕木头削尖脑袋钻进泥土里，于是，就有了尖锐的想法，它要在阳光下构建自己的领地。

水田有太多的锋芒：阳光的锋芒、犁铧的锋芒、锄头的锋芒、水蛭的锋芒……

现在，要把一粒稻子的锋芒交付大地。

把最初的锋芒埋进松软的泥土，把最后的锋芒交给一把镰刀。

颗粒饱满的稻子成为种子，当撒向一片秧田时，它已老成得收起所有的针芒，然后衍生另一种语言开口说话。

于是，闲散的阳光聚拢，闲散的人挽起裤管，闲散的时光开始变得忙碌。

那些稻芒是忙碌的日子给予的最好的馈赠。它总是把有形的东西种在无形的想法里，从容得把一粒扎进脚板的稻子拔掉。

从那一刻起，我会看到它的芒，或者从一个厚厚的麻布口袋里钻出来的芒。

　　种下芒，那也是阳光给予大地最大的布施。

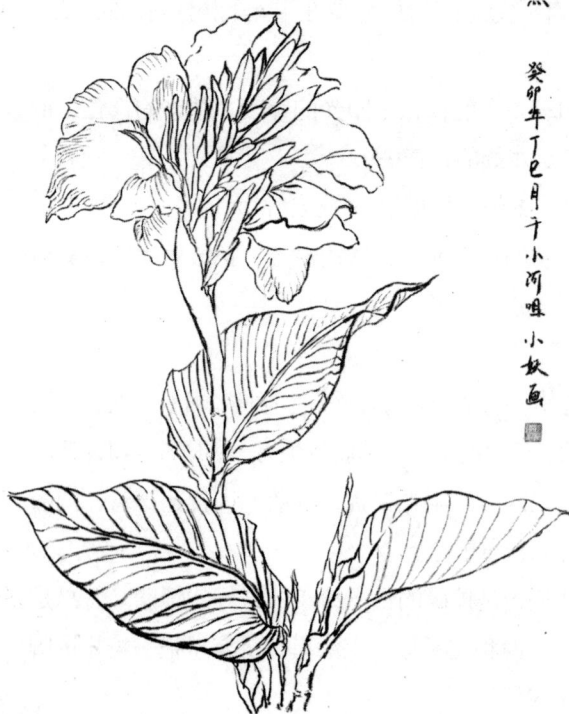

美人蕉

癸卯年丁巳月于小河咀 小敌画

元宵

走进熟悉的村庄，不用等待什么人，那些草叶都能帮我说出一些名字，那些土地也会翻耕出一些故事。

我们总是嫌天上的星星不够，于是就点燃了万家灯火。

我们总是嫌大地不够洁净，于是就倾泻满天的星星。

这一路的疾风，把电闪雷鸣引入人间。于是，这片田野开始掂量生命的厚度。

种上五谷杂粮，染上这片土地的陋习，然后慢慢地用乡音消化，反刍。

还用一盆火来抵御一年的寒。

如果爱有归宿，那每一场纷纷扬扬，都是满月里抖落的心经。

为树加冕，为河流立传，为草叶正言，在天与地的纵横捭阖里，总有一个人在一盏灯火里突围。

七月

　　七月。水田又用一只布谷鸟的叫声和盘托出所有的丰腴。

　　太阳遗忘的余晖，带走夏夜最后一丝燥热。当月亮升起的时候，我手里的火把也亮了，哥哥手里的长木夹子也张开了。竹篾篮子装着月亮，油迹斑斑的洋铁缸子，盛满了星星。

　　月光淡淡的，刚整平的水稻田，一层浅水，早已沉淀得清澈透亮，那些黄鳝、田螺舒适地享受这份清凉和静谧。人一走过，一些小土蛙被惊起，"扑通扑通"往水田里躲闪，伴着四处彻耳的蛙鸣。

　　黄鳝从未在哥哥的木夹子下侥幸逃脱，田螺还来不及合拢盖壳就被捡进篓筐里。

　　七月。水田如一方寂静的池塘，投入了欢快的笑声，若干年后，还是唯一。

七夕节

持续的亢阳，天黑后还能听见地面炸裂的声音。

一场雨，从传说中逶迤而来，滴落。

不敢夹杂任何悲伤和委屈。

深深的夜托住受难的身躯。银河、太阳系和宇宙，就在今夜讲和。

一盆水、葡萄架，却没有月光，是否可以照见用十指摸索的人儿？她的眼睛已失聪，只剩下失明的耳朵，贴近黑夜呐喊。

一年一度的归期，无须浮夸爱或恨。

我听见雨声很丰饶，早已盖过了窃窃私语。

织布从机架撤下，那头水牛还在大树下咀嚼、反刍，就像今天必来一场雨，抑或一场风。

于是，我不得不种下贫瘠的悼词，让夏无声无息埋进处暑。

中元节

佳肴已备好，尚飨吧！

这护佑一方的众神，这地底下欢愉的亡灵，这荒野无主的孤魂。

在七月，可以品读人世间离合悲欢。

在七月，可以悬浮于寂静的黑夜，嗅到身上棺椁腐朽的味道。

用困倦的眼睑，将前世今生拥入怀中。

美酒已满溢。尚飨吧！

这可怜的人，脖子已套上绳索。仅剩的躯壳，在大口大口地喝下水洗的年轮。

停止悲伤，用一炷香剥掉尘世的苦，用一根烛点燃黑暗里的悲伤，在一张纸的灰烬里找到自己。

放下，领受这无边的欢喜。

我在累世的骸骨上，寻找前世之旅，血缘清澈，请勿质疑。

尚飨吧!

鞭炮已炸响，如一碗苦涩的汤药，泼向俗世的放纵，每一个人都仰脖啜饮。

如果找不到一寸之地，安置肉身，那么，就点一盏河灯，划过生与死。

划过因与果。

划过今天和明天。

福从天降图

立秋

禾谷成熟，秋开始立在原野之上。

母亲忙于祭祀土地神，她把头压得比饱满的谷穗还低。

把一季的顺风顺水，都归功于土地庙的三炷香。

父亲说：立秋雨淋淋，遍地是黄金。

大豆结荚、玉米吐丝、棉花结铃、甘薯膨大——

他把所有的收成，押在这一场风雨里。

新收的稻子，装满了谷仓，也香过了厨房陈年的粮。

陈冰瓜，蒸茄脯，悬称空悬。

每一粒果实，都是这个季节暗送的秋波……

古老的农谚，在立秋这一天，预卜世间冷暖和凉热。

中秋节

这一天，我把屋子收拾干净，一尘不染。然后从园圃里剪几枝蔷薇花，花瓶里的水也是新换上的，一切都像过节的样子。

这一天，我也喜欢把自己收拾得利落，一丝不乱。然后静静地坐在桌前，画一幅从不题名的画，一切都好像在等一个人。

这一天，我把所有的阴晴——圆缺过了。

入秋的夜，凉爽地越过黄昏。

我喜欢月光的清澈，我也喜欢寂静的阳台，但我更喜欢金黄的桂花。我探过栏杆，如同翻过云层的月亮，总想闻到第一缕花香。

月宫和银河，盘踞在我头顶，用世俗的眼光，如瀑般倾倒。

稀碎的清凉，那是桂花树溅落的忧伤。

是谁在捻动十指，把美好的祝愿揉进一张饼里？

我守着这个季节所有的收成，来兑换入梦的唯一门票。

霜降

太阳黄经 210 度，万物毕成。

洞庭风从北面吹来，摇落木叶，成为这个季节绝美的休止符。

最后一片漆黑，穿上银质的铠甲，让一钩弯月打磨得透心凉。一只秋虫爬上无字经书，喑哑着飞旋而出。

一滴露水代替一季的圣泉，开始铺张，收割和翻耕一张泛黄的日历。24 这个数字，早就被母亲标记，因为，这是她的小女儿生日。

此刻，霜降大地，万物寂静，霜花安然。

大雪

///////

阳光如约而至，达到黄经 255 度。

百虫蛰伏，禾兜突兀地撑起田野的寂静，一只失群的鸟鸣，足可以笼罩云梦泽。

翻动十指，总想在田埂上找到曾经的老水牛，悠然地啃着枯草，四肢还带着泥浆。

如今，那根鞭子早已失哑，无法再清晰地表达所有的丰收。

黑夜的床榻，父亲依然在背诵一个又一个节气的农谚。

那些腌制的腊肉，风干成乡音里耐嚼的符号。

云梦泽的河流，开始在梦里冰封。

不用倾倒白金和苍白的面孔，一场告白可以作为唯一的圣水，在雪来之前，一一点化。

小年

雨夹雪笼罩湖垸，湿漉漉的，点不燃一点火苗。

母亲在烟熏火燎的灶口前，换上了一张崭新的司命菩萨，让几十年灶口的火总是亮堂堂的。

残缺的蛛网、黑色的烟灰，还有母亲陈年的唠叨，布满老屋。父亲扬起掸子，小心翼翼地，像在给自己身上除掉一年的尘土。

我喜欢小年，胜过任何一个节日。

这一天，我在母亲面前，又做回了小孩子。

跋 | 没有一片土地是安静的

　　我一直想为自己生长的这片土地写点什么，我也尝试过各种文体，但最后，我选用了散文诗，不是说其他的文体不合适，也不是我对文字的欠缺，而是因为这片土地带给我的悸动，不仅仅是它呈现的美，还有它深沉的呐喊。我知道只有与它同频的人，才能给予我回应。

　　我生长在洞庭湖垸，从未远离。这片土地给我提供了文学创作的土壤，我所有的文字也注定因它而变得富有诗意。2023年3月，"守护好一江碧水——湖区生态文学创作交流会"在益阳举行。在创作研讨会中，省作协组联部娄成主任对我书写洞庭物事、渔耕文化、湖乡特色等呈现"洞庭之南"的乡土之美、人文之美和生态之美给予肯定，并希望早日成书。这也坚定了我创作《洞庭之南》的信心，现在我终于能整理成集。

　　整本诗集分成了六个章节，看上去是我对家乡的情感的表达，其实是对自然的书写，因为家乡的一草一木早已如亲人般。我的喜怒哀乐，都与之相通。我从未凌驾于它们之上，去审视它们，而是与之亲近，看作是我应有的教养。

我们的父辈，从未背叛过这片土地，包括土地上存在的一切。我甚至认为，他们更像一位伟大的写作者，有对生活的超越。正如他们虽然埋头清理地里的杂草，但从未轻贱所有的杂草。俗话说，人吃五谷杂粮，也生百病。而治愈百病的却是那些被剪刈的杂草。

我们不是自然的审判官，我们只是一个采访者，我们带着所有的感官，去聆听它们的呐喊，只有这样，我们才会离它们越近，听到它们的心声。

有时，这样的写作，更接近一种宁静。因为，我总想在文字里寻求一份宁静，感受它的无价。要知道，我们在这片土地上，只过一生，而未来的社会会给予人类更多的考验。

曾经我们与之抢占地盘，如今我们又逃离我们世代生活的家园，慢慢变得荒芜。或许逃离，也是一种自然的回归。对于村庄而言，这份宁静更适合它。可能在很长一段时间，我们很难适应这种死寂、毫无生气的家园。但是，没有一片土地是安静的。你无须担忧或恐惧。因为，这里有更多的原住民，比如野草、小动物，还有鸟类。到那时，你能说这样的环境没有生气吗？

我书写的《洞庭之南》，有我曾经的美好，也有父辈们生活的苦难，但是，所有这些与之有关的场景，总是让我感动。我很庆幸，不仅因为城市容下了我，还因为我还能回到我的乡土。乡村变化很大，虽然能近距离地感受这一切，但我依然看不清，如今也只是在记录我感知的一切，这些文字有立场，有反思，也有憧憬。或许，这也是我唯一能为它做的，仅此而已。

2023 年 12 月 18 日于小妖洞府

辛丑年冬月 小妖